SEDUCCIÓN Y MISTERIO
YVONNE LINDSAY

Editado por HARLEQUIN IBÉRICA, S.A.
Núñez de Balboa, 56
28001 Madrid

© 2013 Harlequin Books S.A.
© 2015 Harlequin Ibérica, S.A.
Seducción y misterio, n.º 115 - 18.3.15
Título original: Something about the Boss…
Publicada originalmente por Harlequin Enterprises, Ltd.

Todos los derechos están reservados incluidos los de reproducción, total o parcial. Esta edición ha sido publicada con autorización de Harlequin Books S.A.
Esta es una obra de ficción. Nombres, caracteres, lugares, y situaciones son producto de la imaginación del autor o son utilizados ficticiamente, y cualquier parecido con personas, vivas o muertas, establecimientos de negocios (comerciales), hechos o situaciones son pura coincidencia.
® Harlequin, Harlequin Deseo y logotipo Harlequin son marcas registradas propiedad de Harlequin Enterprises Limited.
® y ™ son marcas registradas por Harlequin Enterprises Limited y sus filiales, utilizadas con licencia. Las marcas que lleven ® están registradas en la Oficina Española de Patentes y Marcas y en otros países.
Imagen de cubierta utilizada con permiso de Harlequin Enterprises Limited. Todos los derechos están reservados.

I.S.B.N.: 978-84-687-5663-9
Depósito legal: M-34156-2014
Editor responsable: Luis Pugni
Impresión en CPI (Barcelona)
Fecha impresion para Argentina: 14.9.15
Distribuidor exclusivo para España: LOGISTA
Distribuidor para México: CODIPLYRSA
Distribuidores para Argentina: Interior, DGP, S.A. Alvarado 2118.
Cap. Fed./Buenos Aires y Gran Buenos Aires, VACCARO HNOS.

Capítulo Uno

Sophie llegó al trabajo cinco minutos más tarde de lo habitual. Odiaba llegar tarde, fuese cual fuese el motivo, pero esa mañana se había despertado tarde y ni siquiera había podido desayunar. Saludó con la mano a la recepcionista y al personal que ya estaba en su puesto de trabajo en el espacio que había justo detrás del mostrador de recepción. Luego fue hacia la zona de dirección mientras se alisaba la melena corta.

Miró hacia el despacho de Zach, cuya puerta estaba abierta. Ya estaba allí. Había vuelto a ganarla y eso no era bueno. Estaba segura de que su jefe ocultaba algo y quería averiguar qué era.

Dejó el bolso en una esquina del escritorio y este cayó al suelo.

–Maldita sea –murmuró Sophie, agachándose a recoger el contenido.

Se sintió culpable por haber hablado así. A pesar de que hacía cuatro años que no vivía con su madre, supo que no le habría gustado oírla. Habían sido pobres, pero su madre siempre había esperado de ella que se comportase como una señorita.

Volvió a colocarlo todo en su lugar correspondiente y pasó la mano por la fotografía que llevaba a todas partes. Habían sido tan jóvenes, tan inocentes... Víctimas de las circunstancias.

En silencio, renovó su promesa de encontrar a su hermanastra. Sabía que estaba cerca y eso era lo que la había mantenido en vela parte de la noche.

Oyó un ruido tras ella y se estremeció.

—Qué niñas tan monas.

Zach le dedicó una de sus atractivas sonrisas y le tendió un café. Sophie intentó que no le temblase la mano al aceptar la taza y resistirse a la incómoda atracción que sentía por él. Llevaban año y medio trabajando en el mismo despacho y no lo había conseguido y desde que, además, era su ayudante, las cosas no habían hecho sino empeorar.

—Se supone que debo ser yo la que te lleve el café —le dijo en voz baja—. Siento llegar tarde.

—No pasa nada. ¿Esa eres tú? —preguntó él, señalando la fotografía que tenía en la mano.

Era una fotografía típica de muchos hermanos. La mayor detrás de la pequeña, con una mano apoyada en su hombro. Ambas con las caras llenas de pecas, sonrisas desdentadas y el pelo recogido en idénticas coletas. Sophie no recordaba el momento exacto en el que se la habían hecho, pero sí la sensación de tener el hombro huesudo de su hermana bajo la mano y el calor del cuerpo de Susannah pegado al suyo.

–Sí, somos mi hermana pequeña y yo.
–Ah, ¿y estáis muy unidas?
–Ya no.

El padre de Suzie, al que Sophie también había adorado, había fallecido repentinamente poco después de que les hubiesen hecho aquella fotografía y después Suzie se había ido a vivir con la hermana de él, que la había recibido con los brazos abiertos. A partir de entonces, se había roto prácticamente todo el contacto entre ellas y hacía veinte años que no se veían. Sophie nunca había dejado de sentirse vacía por dentro a pesar de que conseguía que no se le notase.

Acarició la fotografía y la volvió a meter en su bolso. Estaba haciendo todo lo que podía para restablecer el contacto con su hermana y tenía que sentirse satisfecha por ello.

Guardó el bolso en el último cajón de su escritorio y lo cerró, y Zach, que debió de darse cuenta de que el tema de su hermana estaba zanjado, se centró en el trabajo.

–¿Qué tienes en la agenda para hoy?

Sophie le hizo un resumen de lo que tenía pensado hacer en ausencia de su otro jefe y después preguntó:

–¿Quieres que haga alguna otra cosa? Nada de esto es urgente, sobre todo, mientras Alex no esté.

En realidad, Alex llevaba más de un mes desaparecido como por arte de magia. Cada mañana, Sophie se levantaba con la esperanza de llegar al trabajo y encontrárselo allí, pero por el momento no había ocurrido.

–¿Alguna noticia del sheriff Battle? –preguntó Zach.

Ella negó con la cabeza. Sophie se había roto la cabeza intentando pensar en algo que pudiese indicar dónde estaba Alex, pero no había encontrado nada fuera de lo habitual. Alex Santiago había desaparecido del mismo modo que había llegado a Royal, Texas. Aunque con mucha menos fanfarria. Era la clase de hombre que lograba que sucediesen las cosas, las cosas no le sucedían a él. Por eso resultaba tan sorprendente su desaparición. Alguien tenía que saber algo, alguien tenía que estar ocultando cosas, y Sophie tenía la sensación de que ese alguien podía ser Zach.

Lo vio apretar suavemente los labios, como si algo lo preocupase, y pensó que si alguien sabía algo de Alex tenía que ser Zach, ya que ambos se habían hecho amigos desde que habían empezado a compartir lugar de trabajo. Zach Lassiter tenía fama de esconder bien sus cartas y mostrar solo lo que quería mostrar.

Nadie sabía nada de él, salvo que había llegado al pueblo con su empresa de inversión hacía dos años y que tenía talento para convertir inversiones de alto riesgo en fortunas. Unos meses después había llegado Alex Santiago y se había asociado con él.

Sophie no había tardado en enterarse de que

Zach Lassiter había estado casado, porque su exesposa lo llamaba prácticamente a diario, pero lo que no había logrado era encontrar en Internet ninguna fotografía de ella. También había averiguado que Zach había empezado a tener éxito en los negocios con la fundación, varios años antes, de una empresa de inversión en Midland.

Lo que no sabía era cómo era realmente. Era moreno, guapo y encantador, pero podía ocultar cualquier cosa. Y Sophie quería averiguar si tenía algo que ver con la desaparición de Alex.

—¿Qué ocurre? ¿Tengo algo en la cara? —le preguntó Zach.

Ella se ruborizó y bajó la mirada al suelo.

—No, lo siento. Estaba pensando.

El teléfono que había encima de su mesa sonó y se acercó a responder.

—Despacho del señor Lassiter. Soy Sophie.

—No consigo hablar con Zach. ¿Está ahí? Pásamelo —le exigió una voz de mujer antes de añadir—: Por favor.

—Un momento, por favor. Veré si puede atender su llamada —le respondió Sophie.

Puso la llamada en espera y después le dijo a Zach:

—Es tu ex mujer. Dice que no respondes al móvil. ¿Te la paso?

—Por supuesto —dijo él, tocándose el bolsillo de la chaqueta—. He debido de olvidármelo en el coche otra vez.

Se sacó las llaves del bolsillo y se las dio a Sophie.

—¿Puedes ir a buscarlo cuando tengas un momento?

—Por supuesto —respondió ella, aceptando las llaves y conteniendo la sensación que le había producido el roce de sus dedos en la palma de la mano.

Lo vio entrar en su despacho y oyó que saludaba a su exmujer. No tenía ni idea de cuál era la relación que tenía con ella, pero no conocía a muchas personas que hablasen a diario con sus ex. Que ella supiese, hacía dos años que estaba divorciado de Anna. Sacudió la cabeza. Debía de seguir enamorado de ella, no había otra explicación.

Sophie no pudo evitar sentir envidia y preguntarse cómo sería ser el objeto de devoción de Zach. Le dio un sorbo rápido a su café. No era difícil imaginarse el cuerpo atlético que se ocultaba detrás de sus trajes.

Tenía un físico impresionante, un rostro bien parecido, el pelo negro y los ojos verdes, un conjunto muy atractivo. Y Sophie se había sentido atraída por él desde el primer día. Además de su físico, era un hombre seguro de sí mismo y de su éxito.

No obstante, Sophie sabía bien que en la vida no se conseguía nada sin trabajo y dedicación, así que decidió ponerse inmediatamente manos a la obra, para tenerlo todo hecho por si Alex volvía. Si es que volvía, se dijo a sí misma en silencio.

Zach terminó la llamada y se permitió apoyar un momento la cabeza en las manos. Estaba preocupado por Anna. Siempre había sido una persona muy nerviosa, pero en esos momentos estaba peor que nunca. Tenía que hacer algo, y pronto, a pesar de que los padres de Anna insistían en que no le pasaba nada y se negaban a aceptar su desequilibrio mental.

Y eso no la ayudaba lo más mínimo. Anna necesitaba ayuda, ayuda profesional, e iba a tener que ser él quien se la encontrase. Zach se puso recto y abrió el ordenador. Poco tiempo después tenía una lista de centros y personas con las que podía contactar. Y seguiría buscando esa noche.

Cerró los ojos y se apretó los párpados con las manos. Se sentía tan responsable... Jamás debía haberse casado con ella. No tenía que haber permitido que el padre de Anna, su entonces jefe, lo convenciese para que saliese con ella.

Era cierto que se había sentido atraído por ella. Era rubia, muy guapa y tenía un aire de delicadeza que había conseguido sacar al cavernícola que había en él, pero no había debido casarse con ella. Anna necesitaba a alguien menos resuelto y más dedicado. Sin duda, a alguien menos práctico. Zach no había tardado en sentirse atrapado. Habían empezado con los procedimientos de la separación y entonces Anna había descubierto que estaba embarazada y no había podido dejarla. Había intentado hacer lo que había pensado que era mejor para ella, al fin y al cabo, había prometido ante Dios seguir a su lado el resto de sus días.

Pero la vida los había golpeado duramente a ambos con la muerte de su hijo y, mientras que él había aprendido a ocultar su dolor, Anna se había sentido culpable por el accidente de tráfico que se había llevado la vida del pequeño Blake con tan solo diez meses y había ido sumiéndose cada vez más en una depresión.

—¿Zach? ¿Estás bien?

Ni siquiera había oído entrar a Sophie.

—Sí, todo bien. Solo estoy un poco cansado.

—He encontrado tu teléfono. Te lo habías dejado conectado al equipo de manos libres.

Se acercó a él con el aparato y Zach vio todas las llamadas perdidas que tenía. De Anna. Suspiró. Esa noche tendría que tomar algunas decisiones. Ya había tardado demasiado tiempo en hacerlo.

—Muchas gracias.

Levantó los ojos y se encontró con los de Sophie, que era un regalo para la vista. Con su melena corta y rubia y aquellos cálidos ojos marrones. Esa mañana había sido la primera vez que no había visto a la Sophie imperturbable de todos los días, y le había gustado verla un poco descentrada. Le había resultado más humana, más accesible.

Su aspecto era siempre impecable, era tranquila y muy eficiente. Como asistente de Alex, siempre había hecho que el despacho funcionase como un reloj y tenía una capacidad admirable para organizar las ideas y la información. De hecho, todo seguía funcionando como si Alex estuviese allí.

Durante el último mes, Zach había decidido aprovechar también su talento. Era evidente que Alex no iba a volver de un día para otro. La policía estaba investigando la desaparición de su amigo mientras que él había asumido parte de su trabajo, aunque, sin Sophie, no habría sido capaz de conseguirlo.

Decidió que debía demostrarle cuánto la apreciaba y, sin pensarlo, dijo en voz alta:

–Sophie, ha sido una bendición tenerte aquí durante las últimas semanas. No habría podido arreglármelas sin tu ayuda. Sé que has estado trabajando muchas horas y me gustaría recompensarte por ello. ¿Qué te parece si te invito a cenar en Claire's a finales de semana?

–No es necesario, Zach. Solo estoy haciendo mi trabajo, y se me paga muy bien por ello.

–Lo sé, pero estoy muy agradecido y quiero demostrártelo. No aceptaré un «no» por respuesta.

Ella se echó a reír y Zach sintió que se le removía algo por dentro, sonrió.

–En fin, en ese caso, tendré que aceptar. Gracias por la invitación –dijo Sophie.

Él la vio darse la vuelta y salir de su despacho. Se fijó en cómo se le ceñía la falda a los muslos al caminar y sintió tal punzada de deseo que tuvo que obligarse a apartar la mirada. Una cosa era reconocer que Sophie Beldon era una mujer muy atractiva, y otra distinta, actuar en consecuencia. Trabajaban juntos y Zach no quería poner en peligro su relación profesional. Era importante que el despacho siguiese funcionando como hasta entonces hasta que Alex regresase. Además, su última relación había sido un fracaso y no tenía ningunas ganas de volver a pasar por algo parecido.

Había invitado a Sophie a cenar solo para expresarle su agradecimiento. No habría nada más entre ellos, por mucho que su libido insistiese en lo contrario.

Capítulo Dos

«¿Gracias por la invitación?». Sophie se preguntó en qué había estado pensando para responderle aquello. ¿Cómo no se le había ocurrido algo más ingenioso o sofisticado? Algo que hubiese conseguido despertar el interés de Zach por ella un poco más.

Aquello era otra prueba de que los hombres como Zach Lassiter estaban fuera de su alcance. Sophie se reprendió mientras se sentaba delante de su escritorio y se obligó a volver a concentrarse en analizar las cifras del último negocio de Alex. El tema le resultaba muy interesante y estaba deseando hacer el informe, pero fue empezar a meter los datos en el ordenador y volver a pensar en la invitación de Zach.

El pulso se le aceleró de la emoción. Claire's no era un restaurante cualquiera y la prueba eran sus precios. Ella no había estado nunca allí, solo había hecho reservas para Alex y sus numerosos contactos de trabajo. Sintió ganas de ponerse a gritar de alegría y tuvo que recordarse que era una mujer adulta, de veintiocho años, y no una adolescente. Además, aquello no era una cita, sino una recompensa por su trabajo.

Cuando el teléfono sonó, Sophie agradeció tener que dejar de darle vueltas a aquel tema, sobre todo, al oír la voz que la saludaba al otro lado.

–Lila –le dijo a una de sus mejores amigas–. ¿Qué tal estás?

Lila Hacket había logrado hacerse un hueco como diseñadora de producción en Los Ángeles y Sophie estaba muy orgullosa de ella, ya que había tenido éxito en un mundo tan competitivo. Lila había pasado unas semanas trabajando en el rodaje de una película en Royal y ambas habían tenido la oportunidad de poner al día su amistad.

–Estoy muy bien, gracias –le respondió Lila–, teniendo en cuenta las circunstancias.

Sophie supo que su amiga estaba sonriendo y se dio cuenta de que tenía algo que anunciarle.

–¿Qué circunstancias? Cuéntamelo todo –le pidió–. Te conozco demasiado bien como para que me guardes secretos.

–Tengo una noticia –admitió Lila riendo.

Sophie sonrió de oreja a oreja.

–¿Sam y tú? ¡Lo sabía! Entre vosotros siempre han saltado chispas.

–Y más que chispas, vamos a casarnos.

Sophie gritó de alegría, pero entonces se acordó de que estaba en el trabajo e intentó controlarse.

–¡Enhorabuena! ¿Cuándo?

–El último sábado de este mes. Vamos a celebrar la boda en el Double H. Queremos que sea una ceremonia íntima y sencilla.

–¿Y tu padre está de acuerdo? Porque no es precisamente una persona a la que le gusten las cosas sencillas.

Lila volvió a reírse.

–No, tienes razón, pero esta vez no voy a ceder. Solo vamos a invitar a la familia y a algunos amigos íntimos. Cualquier otra cosa sería demasiado cansado, ahora que estoy embarazada.

Sophie contuvo la respiración al enterarse de aquello. Se sintió muy feliz por su amiga.

–¿Embarazada? Vaya, qué rapidez. Enhorabuena otra vez, es una noticia maravillosa.

–La verdad es que no ha sido tan rápido. Estoy ya de cuatro meses.

–¿Y no me lo habías contado? –protestó Sophie en tono de broma–. Creo que vamos a tener que hablar de esto en persona.

–Por supuesto. Además… van a ser gemelas.

–¡Gemelas! ¿Desde cuándo lo sabes?

–¿Que van a ser dos? No hace mucho. Sí sabía que estaba embarazada, pero necesitaba tiempo para hacerme a la idea y decidir qué quería hacer con mi vida. Ese es uno de los motivos por los que volví a casa el mes pasado.

Sophie sabía que debía de ser difícil criar a un hijo sola. Aunque la situación de Lila, tanto económica como socialmente, no tenía nada que ver con la que había tenido su madre. Intentó apartar aquellos tristes pensamientos de su cabeza para poder seguir alegrándose por su amiga.

—Estoy muy contenta por ti, Lila. Vas a casarte y a tener dos hijas, es estupendo. Por favor, deja que te organice una fiesta para celebrar la llegada de los bebés. Tengo un montón de ideas fantásticas.

—¿No será demasiado? Ahora tienes mucho trabajo.

—No digas tonterías. Será un honor. Déjamelo todo a mí.

—Gracias, Sophie.

—De nada. Es lo mínimo que puedo hacer por ti. ¿Significa esto que vas a venir a vivir a Royal?

—Sam se ha ofrecido a trasladarse a Los Ángeles conmigo y a abrir aquí una oficina de Gordon Construction, pero no tomaremos la decisión hasta que no hayan nacido las niñas –le contó Lila–. Todavía no puedo creer que vaya a ser madre.

—Va a ser genial –le aseguró Sophie–. Aunque ¿estás segura de que estamos hablando del mismo Sam Gordon?

Sam siempre había dejado clara su opinión acerca de las mujeres: que debían quedarse en casa cuidando de los hijos. De hecho, había sido una de las personas que más se había opuesto a la apertura de la nueva guardería en el Club de Ganaderos de Texas de la localidad.

—Esto demuestra que todo el mundo puede cambiar si está motivado –respondió Lila–. Ahora, dime, ¿no habrás hecho ninguna tontería en este último mes? Estoy preocupada por ti.

Sophie suspiró y declaró en voz más baja:

–No he tenido la oportunidad. No, no te preocupes, no he podido averiguar nada de Zach Lassiter.

Después hablaron de temas más generales y, cuando Sophie colgó el teléfono, se tomó unos segundos para asimilar la feliz noticia de su amiga. Lila había sido siempre muy independiente y había luchado por tener una carrera. En esos momentos estaba viviendo una nueva aventura. Iba a casarse y a ser madre.

Sophie tuvo que admitir que le daba algo de envidia. Se preguntó cómo sería estar embarazada del hombre al que amabas. Sin darse cuenta, su mirada se posó en la puerta del despacho de Zach. Sacudió la cabeza. No estaba enamorada de Zach Lassiter. Por supuesto que no.

Sí se sentía atraída por él. Y mucho, a pesar de que tenía la sospecha de que sabía más de la desaparición de Alex de lo que había contado. En cualquier caso, Sophie no lo conocía lo suficiente como para pensar en tener un hijo con él, ni siquiera para confiar en él. No obstante, no pudo evitar preguntarse cómo sería ser el centro de su atención y sentir no solo su mirada en ella, sino también sus labios, sus manos y su cuerpo. Zach era un hombre alto y fuerte. Sophie se preguntó de dónde sacaría el tiempo para hacer ejercicio, con todo lo que trabajaba.

Imaginó cómo sería pasar los dedos por las líneas de sus músculos, del hombro al pecho... y más abajo. Notó calor en el vientre y tal deseo que estuvo a punto de gemir en voz alta.

Se levantó de su butaca y fue a la cocina a por un vaso de agua fría. Le dio un buen trago, pero no consiguió que su cuerpo se calmase. Aquello era ridículo. A Zach Lassiter no le gustaban las mujeres como ella. Estaba segura de que le faltaba sofisticación. Aunque, en realidad, nunca se dejaba ver acompañado y era muy reservado en lo relativo a sus relaciones, como en todo lo demás.

Sophie volvió a preguntarse qué sabría de la desaparición de Alex Santiago. Al contrario que el resto del mundo, no había hecho ninguna especulación acerca de dónde podría encontrarse su amigo. ¿Significaba eso que sabía algo y quería mantenerlo en secreto? Sophie sacudió la cabeza. No quería ni pensarlo. No era posible que Zach estuviese ocultando información importante a la policía.

Lo vio aparecer en la puerta con unos papeles en la mano y gesto preocupado.

–¿Me necesitas? –le preguntó ella con voz un poco temblorosa.

Luego se giró a por una taza para que Zach no se diese cuenta de que se había ruborizado, cosa que le ocurría siempre que se sentía incómoda.

–Sí, ¿puedes venir a mi despacho cuando hayas terminado aquí? He estado repasando la presentación que vamos a mandar a nuestros posibles inversores para el proyecto Manson y me gustaría que me ayudases a perfilar algunos detalles.

–Por supuesto. Ahora mismo voy. ¿Quieres un café?

–Sí, gracias –respondió él mientras se alejaba.

Sophie contuvo un suspiro. Zach la necesitaba, sí, pero para trabajar, no para jugar.

Al final de la semana, Sophie estaba de los nervios. Había trabajado con Zach hasta muy tarde, pero él se había marchado todos los días más tarde que ella y también la había ganado por las mañanas, por lo que Sophie no había tenido la oportunidad de echar un vistazo a su despacho. Era evidente que Lila no tenía de qué preocuparse.

Sophie sabía que era importante que la presentación del proyecto Manson estuviese perfecta. Era algo en lo que Alex había empezado a trabajar antes de desaparecer. Así que, tanto Zach como ella, se sentían obligados a obtener el mismo resultado que habría obtenido Alex de haber estado allí.

Aun así, le sorprendía que Zach estuviese pasando tantas horas en el despacho, muchas de ellas con la puerta cerrada. En varias ocasiones había entrado a hablar con él y lo había visto poner a su interlocutor en espera o cerrar la pantalla del ordenador para que no pudiese ver lo que había en ella. Era evidente que allí ocurría algo extraño, pero Sophie no sabía qué era.

Aunque lo que más la había perturbado esa semana no era que Zach trabajase tanto, sino él. La llamada de Lila había tenido un efecto muy raro en ella. Sophie había conseguido controlar la atracción que sentía por Zach durante los últimos dieciocho meses y nunca había perdido la concentración, ni siquiera después de la desaparición de Alex.

Pero en esos momentos tenía la sensación de que sus hormonas estaban descontroladas. El embarazo de su amiga le había recordado que tenía veintiocho años y seguía soltera muy a su pesar.

Su cuerpo se tensaba cuando lo tenía cerca y soñaba con él por las noches.

En los últimos días, había pensado varias veces en cancelar la cena de esa noche, pero la parte más masoquista de su ser no se lo había permitido. No obstante, no era una cita, sino solo una recompensa. Zach le había dejado claro al invitarla que lo hacía porque quería agradecerle que hubiese trabajado tanto. En teoría, Sophie se lo merecía. No obstante, pensar que iba a cenar con él la ponía nerviosa.

Apagó el ordenador a las cinco y media y se metió el disco duro en el que guardaba las copias de seguridad en el bolsillo. Pensó que se daría una ducha caliente y después se prepararía para la cena. Iba a disfrutarla. Zach era un hombre atractivo, educado e inteligente. Y quería premiarla por su trabajo. Sophie se había ganado aquella cena e iba a disfrutar de lo que, sin duda, sería una deliciosa comida.

–¿Sigue en pie lo de esta noche? ¿Te parece bien que te recoja sobre las siete y media?

Sophie se sobresaltó al oír la voz de Zach. No podía hacerlo. No podía cenar con él y evitar desearlo. Estaba segura de que iba a sentirse muy incómoda e iba a cometer algún estúpido error, como permitir que Zach se diese cuenta de que le gustaba. Así que lo mejor sería evitarles a ambos aquella situación.

–Esta noche… –empezó.

–He reservado mesa para las ocho –continuó él, interrumpiéndola y mirándola fijamente–. No me irás a dar plantón, ¿verdad? Llevo toda la semana pensando en la cena de hoy.

–No, no te preocupes. Lo que quería decirte es que no hace falta que pases a recogerme.

–¿Qué clase de hombre sería si no pasase a buscarte? Mi madre se sentiría avergonzada –replicó él, sonriendo.

Luego escribió su dirección en un papel.

–Vives aquí, ¿verdad?

Ella asintió.

–Bien. En ese caso, te recogeré a las siete y media.

Luego se marchó y cerró la puerta antes de

que a Sophie le diese tiempo a contestar. Ella se dijo entonces que tenía que darse prisa si quería prepararse bien para esa noche y dar una imagen respetable.

Cuarenta y cinco minutos después, miró la ropa interior que había escogido y pensó que no tenía nada de respetable. Era un conjunto muy sexy que había comprado con su amiga Mia Hughes, que trabajaba en casa de Alex. El color verde suave le sentaba muy bien a su piel clara y el corte del sujetador era perfecto para el escotado vestido que se había comprado para alguna ocasión especial y que todavía no había tenido la oportunidad de estrenar. Al igual que la ropa interior, lo había comprado por impulso, cosa que no solía ocurrirle, ya que en su niñez siempre había sido pobre. En todo caso, aquella noche era el momento perfecto para ponérselo por primera vez. Con él se sentiría bien, y en esos momentos necesitaba estar fuerte.

Se dio una larga ducha de agua caliente y se enjabonó dos veces con el caro gel de ducha que Lila le había regalado por su cumpleaños y que solo utilizaba en ocasiones especiales. Al pasarse la esponja por los pechos notó que estos se le erguían de la emoción al pensar en la noche que tenía por delante.

A pesar de que la cena de aquella noche le provocaba sentimientos encontrados, había algo que tenía muy claro: que no podía desear más a Zach Lassiter, y que, si lo único que podía tener con él era aquella cena, iba a aprovecharla al máximo.

Después de secarse, peinarse y maquillarse, se sintió casi a prueba de balas. Disfrutó poniéndose la ropa interior, las medias y el vestido, y luego miró de reojo el reloj que había junto a su cama y se dio cuenta de que no le quedaba mucho tiempo. Empezó a subirse la cremallera del vestido mientras se calzaba los vertiginosos tacones que se había comprado con él, pero notó que esta se atascaba.

Intentó volver a bajarla, pero no lo consiguió. Entonces pensó en quitarse el vestido, pero era tan ajustado que tampoco fue capaz. Se preguntó qué podía hacer. Volvió a tirar de la cremallera, hacia arriba y hacia abajo, pero no tuvo suerte.

Se maldijo. Aquellas cosas no le ocurrían a ella, que siempre tenía controlada cualquier situación. No era posible que estuviese a merced de una cremallera atascada.

No obstante, toda la semana anterior había sido un constante ejercicio de control de la frustración. Suspiró exasperada. Zach iba a llegar en cualquier momento. Y justo entonces, el timbre sonó.

Capítulo Tres

Zach volvió a llamar al timbre. Sophie le había dicho que vivía en el número veintisiete, ¿no? Miró el TAG Heuer que llevaba en la muñeca. Era la hora. Se apartó de la puerta y miró hacia las ventanas. Había luces encendidas.

Entonces se abrió la puerta muy despacio.

–Siento haberte hecho esperar –le dijo Sophie.

Sus ojos parecían más grandes y sensuales que nunca con aquel maquillaje.

–No pasa nada, la reserva no es hasta dentro de media hora –le respondió él, esperando a que lo invitase a entrar. Al ver que no lo hacía, preguntó–: ¿Nos vamos?

Ella sonrió de manera tensa.

–Sí, bueno, en un minuto o dos. Tengo un problema con el vestido.

–¿Puedo ayudarte?

Zach se dijo que aquello explicaba que Sophie no hubiese abierto la puerta completamente y que solo estuviese asomando la cabeza.

La vio suspirar.

–Me temo que vas a tener que hacerlo.

Zach volvió a esperar a que lo invitase a entrar, pero Sophie siguió sin moverse de donde estaba.

—¿Es algo que podamos arreglar aquí mismo? —le preguntó.

—Ah, no. Por supuesto que no. Será mejor que entres.

Parecía nerviosa, cosa poco habitual en ella. Zach arqueó las cejas y Sophie se apartó por fin y abrió la puerta para dejarlo entrar. Después la cerró tras él y pegó la espalda a ella.

Parecía asustada y Zach se preguntó cuál sería el motivo.

—Es mi vestido —le dijo, mordiéndose el labio inferior.

Él se quedó hipnotizado con aquel gesto. Sophie tenía los labios pintados de un color más oscuro del que solía utilizar para ir al trabajo y Zach pensó que era el color de las manzanas de caramelo. Se preguntó si también sabrían como ellas.

Apartó la mirada de sus labios e intentó no pensar más en aquello.

—¿Qué le pasa a tu vestido? —le preguntó—. A mí me parece que estás muy guapa.

La miró de arriba abajo. Sí, esa noche estaba preciosa y Zach tuvo que hacer un esfuerzo para controlar la repentina punzada de deseo que acababa de sentir. Aquello no era una cita. Apretó la mandíbula y la vio girarse hacia él.

—Es la cremallera. Está atascada. Me temo que ha pillado el tejido. ¿Piensas que podrías desatascarla?

Zach se dijo que lo que no podía era pensar. Sin darse cuenta, levantó las manos hacia su espalda y rozó con un nudillo su piel caliente. Se dio cuenta de que Sophie se estremecía al notarlo.

—Lo siento —se disculpó él, obligándose a concentrarse en la cremallera.

—¿Cómo lo ves? —insistió ella—. Odiaría tener que romper el vestido.

Él tuvo que contener un gemido solo de imaginarse rompiendo aquel vestido para desnudarla. Teniendo en cuenta cómo era la parte trasera del sujetador, no quería ni imaginarse la delantera. Lo mejor sería no imaginarse nada.

—Por supuesto —respondió entre dientes—. Dame un minuto.

Su mano volvió a rozarla y, en esa ocasión, Sophie no se movió, pero se le puso la carne de gallina.

—Voy a tener que bajarte un poco el vestido —le dijo, sujetando la tela con una mano mientras tiraba de la cremallera con la otra.

Notó como esta corría y casi se arrepintió de haber conseguido cerrarla, porque dejó de ver aquel tentador sujetador.

—Ya estás —dijo entonces, bajando las manos—. Y estás increíble.

—Muchas gracias —respondió Sophie, girándose hacia él.

—¿Nos vamos? —sugirió Zach, deseando estar rodeado de gente y poder dejar de pensar en probar aquellos labios rojos.

–Voy a por el bolso.

Zach miró a su alrededor mientras ella entraba en una habitación que debía de ser el dormitorio. A él le gustó el pequeño apartamento, que era acogedor y hogareño. Mucho más que su cara mansión, situada a las afueras del pueblo. Le encantaba vivir en ella, pero le faltaban esos detalles que convertían una casa en algo más que en un lugar en el que comer y dormir. Aunque, teniendo en cuenta el poco tiempo que pasaba en ella, le daba igual. Además, había sido solo una inversión y la vendería cuando se marchase o cuando encontrase la ocasión. No le gustaba encariñarse con las cosas, como hacían sus padres. Así no era posible triunfar.

–Ya estoy. Siento haberte hecho esperar, Zach.

Se había retocado el pintalabios y estaba perfecta de los pies a la cabeza, de hecho, no tenía nada que ver con la chica nerviosa que lo había recibido un par de minutos antes. Mujeres. Jamás las comprendería, ni quería hacerlo. ¿Quién tenía el tiempo necesario para eso? No obstante, aquella era una maravilla.

La acompañó a la calle y esperó a que cerrase la puerta con llave. Luego, la guió hasta su Cadillac CTS–V Coupé negro.

–¿Coche nuevo? –preguntó Sophie mientras se sentaba.

–No tanto, pero es mi preferido. Lo utilizo solo los fines de semana y en ocasiones especiales –respondió él, cerrando la puerta.

Luego se sentó detrás del volante y arrancó.

–¿Te gusta? –le preguntó, con un entusiasmo casi pueril.

–Es muy bonito y debe de ser muy rápido, pero no te imaginaba con un coche así –comentó ella, abrochándose el cinturón de seguridad.

–¿Por qué no?

–Dada tu fama, te imaginaba más bien con un coche deportivo europeo.

–¿Mi fama? –preguntó él, arqueando una ceja.

–De ser un hombre al que le gusta el riesgo.

Él sonrió.

–En cualquier caso, estoy orgulloso de ser estadounidense y de los coches que hacemos aquí.

Zach se sintió a gusto con ella en el coche. Sophie no era una de esas mujeres que parecían tener la necesidad de llenar todos los silencios hablando de tonterías. Cuando entraron en el restaurante, apoyó la mano en la curva de su espalda sin preocuparse por la punzada de deseo que iba a sentir al hacerlo. No obstante, se equivocó.

Lo que sintió al tocarla fue tan fuerte que tuvo la sensación de que se tambaleaba. De camino a la mesa, pensó que aquello era ridículo. Trabajaba con Sophie todos los días. Siempre le había parecido una mujer atractiva, pero era la primera vez que le costaba controlar la atracción.

También era cierto que nunca la había tenido tan cerca, nunca la había tocado ni había olido su perfume, un perfume que le recordaba a las rosas en verano y a largas y cálidas noches de pasión. Tal vez aquel fuese el motivo por el que había envidiado a su amigo por tener una ayudante tan eficaz. Tal vez no tuviese nada que ver con su eficiencia, sino con el hecho de que hacía mucho tiempo que no había tenido sexo. No obstante, se recordó que Sophie no era la mujer adecuada.

Se sentaron a la mesa y Sophie rechazó el aperitivo que el camarero le había ofrecido.

–¿Vas a querer una copa de vino con la cena? –le preguntó Zach mientras leía la carta.

–Sí, pero solo una.

–No bebes mucho, ¿no?

Ella negó con la cabeza con timidez.

–Te comprendo. El alcohol saca lo mejor y también lo peor de todo el mundo.

Sophie sonrió aliviada.

–Me alegra que lo entiendas. Algunas personas piensan que soy una fanática del control.

–Trabajo contigo. Sé que eres una fanática del control –bromeó Zach.

Ella se ruborizó y bajó la cabeza para leer también la carta.

–¿Hay algo en particular que te guste más? –le preguntó él–. Aquí siempre tienen buena carne.

–Es la primera vez que vengo, pero todo tiene muy buena pinta.

–¿Quieres que tomemos un entrante?
–No, prefiero reservarme para el postre.
–Ah, así que eres golosa. No lo sabía.
–Hay muchas cosas que no sabes de mí.

Zach pensó que aquello era un reto en toda regla. Sophie se dio cuenta por el brillo de sus ojos y añadió rápidamente:

–Ni espero que las averigües, por supuesto.
–Pues a mí me gustaría saber más –respondió él, cerrando la carta y dejándola encima del mantel blanco–. Trabajamos juntos. No hay ningún motivo para que no podamos ser también amigos.

Sophie tragó saliva. Conocía a Zach y era capaz de reconocer su determinación. Sabía que no iba a dejar pasar aquello. Se maldijo por haber hablado más de la cuenta. Había sido un error aceptar aquella invitación. ¿Cómo iba a ser amiga de alguien como Zach? Sobre todo, teniendo en cuenta lo que sentía cuando él la tocaba.

Había estado a punto de derretirse cuando le había rozado la espalda con la mano al ayudarla con la cremallera del vestido. No, no podía ser su amiga.

Supo que sería una tortura, pero no podía decírselo. Tomó aire y lo expulsó lentamente antes de responder:

–La verdad es que soy bastante aburrida.

–¿Eso piensas? –le dijo él, inclinando la cabeza hacia un lado y estudiándola con su penetrante mirada verde.

Ella cambió de postura en la silla y se arrepintió al instante por la sensación que le produjo el roce de la ropa interior contra la piel.

–En comparación contigo, por ejemplo –añadió.

Zach se echó a reír.

–Sophie, me temo que no podrías estar más equivocada. A mí me dicen que vivo solo para trabajar. No puede haber nada más aburrido que eso.

A pesar de estar riéndose de sí mismo, Sophie se dio cuenta de que había cierto dolor en aquella afirmación. Sintió pena por él. Zach tenía poco más de treinta años, estaba en la plenitud de su vida, ¿y vivía solo para trabajar? Era triste. Su expresión debió de cambiar, porque lo vio ponerse serio y alargar la mano para tocar la suya.

–No te preocupes por mí –le dijo en voz baja, íntima.

Sophie no estaba preocupada por él, sino más bien por lo que sintió cuando Zach le acarició la palma de la mano con el pulgar. La apartó con suavidad y se sintió aliviada y vacía al mismo tiempo.

–¿Qué te hace pensar que estoy preocupada? –le preguntó en cierto tono defensivo.

–Tienes un rostro muy expresivo –contestó él

sin dejar de mirarla–. Es fácil ver cuándo algo te preocupa.

Ella pensó alarmada que lo malo sería que Zach también se diese cuenta del deseo que sentía por él.

–No tengo muchas preocupaciones, la verdad –comentó ella, cerrando la carta y dejándola en la mesa.

En realidad, le daba igual qué comer, estaba segura de que todo estaría delicioso.

–Pero estás preocupada por Alex, ¿no? Lo veo en tu cara todas las mañanas, cuando llegas al trabajo y ves que él no está allí.

–¿A ti no te preocupa su desaparición? –replicó Sophie–. Es tu amigo y tu socio.

–Por supuesto que sí –admitió Zach–. Me siento frustrado por no poder hacer más. Lo único que sé que puedo hacer es continuar con el trabajo para que Alex se encuentre todo como estaba cuando vuelva.

–¿Por eso llegas al despacho tan temprano y te marchas tan tarde? –le preguntó Sophie sin pensarlo.

A él le sorprendió la pregunta.

–Sí, hay muchas cosas que hacer.

–¿Quieres pasarme algo más de trabajo?

–No, por supuesto que no. Ya eres la pieza que mantiene el despacho en funcionamiento. No puedes dar más de lo que das. De hecho, prefiero que esta noche no hablemos de trabajo. Esta noche estamos aquí porque quería agradecerte todo lo que has hecho, no para pedirte que hagas más.

No obstante, Sophie supo que no le estaba diciendo toda la verdad. Era cierto que su trabajo mantenía el despacho en funcionamiento, pero sabía que Zach era capaz de hacerlo todo sin tener que quedarse tantas horas allí. ¿Qué era exactamente lo que le estaba ocultando?

Capítulo Cuatro

Sophie tomó la copa de agua y le dio un pequeño sorbo mientras su mente continuaba funcionando. El mero hecho de que Zach no le hubiese dado más trabajo ya tenía que haberle hecho sospechar. ¿Cómo no se había dado cuenta antes?

Era evidente que Zach estaba haciendo algo que no quería que ella supiera. Estaba casi segura, pero no podía saber qué era. ¿Estaría relacionado con la desaparición de Alex? No pudo evitar preguntárselo a pesar de que no quería pensar que Zach tuviera nada que ver con aquello.

En cualquier caso, tenía que encontrar el modo de averiguarlo.

–Te agradezco mucho que trabajes tan duro –continuó él–. Y sé que pasas demasiado tiempo en el despacho. ¿No le parece mal a tu novio?

–No tengo novio –respondió ella, volviendo a ruborizarse.

En realidad, solo le interesaba un hombre y lo tenía sentado enfrente. Se preguntó qué le contestaría si se lo dijese. Contuvo una sonrisa. Lo más probable era que pusiese una excusa para terminar cuanto antes la velada.

—Me sorprende. Eres una mujer muy atractiva —le dijo Zach muy serio, atrapándola con la mirada cual gato a su presa.

—Gracias —contestó ella, bajando la cabeza.

—Así que no tienes novio. ¿Y qué te gusta hacer en tu tiempo libre?

—Leo mucho, sobre todo, novelas románticas y algún *thriller* —comentó ella, encogiéndose de hombros—. Estoy en casa, quedo con amigos. Lo habitual.

—¿Creciste aquí?

Sophie asintió.

—Sí, y no me imaginaría viviendo en ningún otro lugar. No me gustan las ciudades grandes y me encanta cómo es la vida en Royal.

—Es cierto que aquí el ritmo es distinto.

—¿Y tú? —le preguntó ella, cambiando las tornas—. ¿Tienes novia?

La expresión de Zach volvió a cerrarse.

—No, no tengo novia —admitió—. Mi vida es demasiado complicada.

Sophie se estaba preguntando el motivo cuando llegó el camarero para tomarles nota. Pidió cordero regado con vino tinto y no le sorprendió que Zach quisiese el solomillo.

—¿Cordero? —preguntó él cuando el camarero se hubo alejado de la mesa—. ¿Vienes al lugar en el que se comen los mejores filetes de todo Texas y pides cordero?

Sophie se encogió de hombros.

—Es lo que me apetece. Al menos, he pedido

un vino local, no una cerveza importada. Por cierto, que pensé que tú tampoco las bebías.

—Tienes razón —admitió Zach, asintiendo lentamente antes de sonreír.

En ese momento llegó el camarero con las bebidas.

Sophie observó hipnotizada cómo bebía Zach y después sonreía satisfecho. Deseó poder ser el motivo de aquella sonrisa algún día. Y, nada más pensarlo, volvió a reprenderse. Aquello solo podía causarle problemas.

—Esto hace que merezca la pena un duro día de trabajo —comentó él.

Sophie sonrió también.

—Placeres sencillos, ¿no?

Él la miró como si quisiese saber si estaba bromeando, después del comentario de la cerveza importada, y luego asintió.

—Sí, en realidad, son las cosas sencillas las que más importan. ¿Estás de acuerdo conmigo?

—Completamente. Para mí lo más importante es tener un hogar y una familia. Y espero conseguirlo algún día.

—Tu apartamento es muy bonito y acogedor.

—Gracias, pero no es mío. Con un poco de suerte, pronto podré pedir un préstamo para comprarme una casa. Algo pequeño, con un poco de jardín. Que pueda decir que es realmente mío.

Ese era otro motivo por el que estaba tan preocupada por Alex Santiago. ¿Y si no volvía? ¿Mantendría Zach el negocio a flote o lo cerraría y se marcharía al lugar del que hubiese salido? ¿Qué sería de ella entonces? En esos momentos se ganaba bien la vida y no le sería fácil encontrar otro trabajo tan bien remunerado en Royal. Si se quedaba sin empleo, tendría que despedirse de su sueño de tener su propia casa... Jamás ganaría lo suficiente para poder pagar una hipoteca, ni podría permitirse pagar al detective que había contratado para encontrar a su hermana.

–¿Y por qué es tan importante para ti? –insistió Zach.

Ella se tomó un momento para pensarlo antes de responder.

–Porque me da estabilidad y significa que no voy a tener que depender de nadie.

–Tengo la sensación de que eso viene de atrás.

Ella se encogió de hombros.

–Como todo, ¿no?

–¿Y no me lo puedes contar?

Sophie suspiró, era un tema del que no solía hablar, pero Zach le había hecho la pregunta de una manera tan amable que quiso contárselo.

–No es nada excepcional. Mi padre falleció cuando yo era un bebé y mi madre volvió a casarse. Tuvieron a mi hermana y la vida nos sonrió por un tiempo, pero entonces mi nuevo padre falleció en un accidente laboral y eso afectó mucho a nuestras vidas. Tuvimos que mudarnos de casa y mi hermana se fue a vivir con su tía porque nuestra madre no podía ocuparse de las dos, con todo lo que tenía que trabajar para pagar el alquiler. Fue muy duro para ella.

Antes de que a Zach le diese tiempo de hacer ningún comentario, ella continuó:

–Cambiamos de casa muchas veces, cosa que yo odiaba. En ocasiones, mi madre tenía dos trabajos o hacía dos turnos seguidos. La situación mejoró después de que yo terminase mis estudios. Conoció a otra persona y volvió a casarse, y yo me mudé a mi propia casa.

–¿Te echaron?

–No, en absoluto, pero yo quería valerme por mí misma. Que mi madre y Jim se casasen no tuvo nada que ver con eso. Aunque sí es cierto que me siento mejor viviendo sola y sabiendo que hay alguien que cuida de mi madre.

Zach miró a Sophie, que estaba sentada al otro lado de la mesa. Era la primera vez que le hablaba de temas personales, aunque fuese evidente que no se lo estaba contando todo. Al escucharla, empezó a comprender por qué era tan buena en el trabajo. Estaba acostumbrada a hacer frente a circunstancias difíciles, y a mantener la calma. Estaba seguro de que había hecho todo lo posible por ayudar a su madre desde pequeña, aunque también debía de haber tenido una época en la que lo único que quería era seguridad.

Su infancia, por el contrario, había sido todo lo contrario. Al menos, hasta que a su padre lo habían echado del trabajo. Incluso entonces, y a pesar de haber tenido que aceptar un puesto peor, con un salario mucho más bajo, su padre había insistido en pagarle la universidad. Ese era uno de los motivos por los que Zach trabajaba tan duro. No quería encontrarse jamás en la situación en la que se habían encontrado sus padres después de que su padre hubiese cambiado de trabajo. Y también porque quería compensarlos por todos los sacrificios que habían hecho para ofrecerle todas las oportunidades posibles. Sophie no parecía haber tenido tanta suerte.

–¿Y tu hermana? Es la de la foto del lunes, ¿verdad?

Sophie inclinó la cabeza y la melena corta le acarició la mejilla. Zach deseó hacer lo mismo, pero en vez de eso agarró el vaso que tenía delante.

–Me dijiste que no estáis en contacto. ¿Cómo es posible?

–Su tía la adoptó varios meses después de que Suzie fuese a vivir con ellos y le dijo a mi madre que no pensaba que fuese bueno para ella seguir en contacto con nosotras.

–¿Y tu madre lo aceptó? –preguntó Zach con incredulidad.

Sophie lo fulminó con la mirada.

–No tienes ni idea de cómo fue para mi madre. Así que no te atrevas a juzgarla.

Zach levantó ambas manos en señal de rendición.

—Lo siento, no pretendía meter el dedo en la llaga.

Tras el accidente de tráfico de Anna, había luchado con uñas y dientes para mantener a su hijo con vida, pero después de que los médicos les hubiesen repetido una y otra vez, durante seis semanas, que no tenía actividad cerebral, Anna y él habían tenido que dejarlo marchar. Por eso no entendía que una madre pudiese dar a su hija como lo había hecho la madre de Sophie.

—Mi madre no podía trabajar y ocuparse de nosotras dos al mismo tiempo. Yo estaba en el colegio y mi madre no podía pagar una guardería, y Suzie, bueno, daba mucho trabajo. Ya había sido un bebé muy difícil y continuó siéndolo según fue creciendo. También era más vulnerable que yo, necesitaba mucha más atención. Mi madre no quería separarse de ella, pero tuvo que hacer lo que era mejor, para todos. La tía de Suzie tenía una buena posición económica, no necesitaba trabajar y podía dedicar todo su tiempo a Suzie. Mi madre supo que cuidaría de Suzie como se merecía, y como nosotras no podíamos hacer.

Que dijese aquello último en plural en vez de en singular decía mucho de la persona que era. Zach estaba seguro de que Sophie sentía cierta culpabilidad por no haber podido cuidar de su hermana lo suficiente, o no haber podido ayudar más a su madre, para que la familia se hubiese mantenido unida. Intentó imaginarse cómo se habría sentido, pero no pudo.

—Sophie —dijo, alargando la mano por encima de la mesa para tomar la suya—. Lo siento. No pretendía parecer moralista. Debió de ser muy duro.

Ella dudó un instante y Zach se dio cuenta de que estaba haciendo un gran esfuerzo por contener sus emociones.

—Lo fue, pero ya forma parte del pasado.

Zach se dio cuenta de que no era cierto. Sophie seguía sufriendo por aquello.

Contuvo las ganas de tranquilizarla y decirle que todo iría bien, que él haría todo lo posible por hacerle olvidar aquel dolor del pasado. Se esforzó en controlar sus propias emociones y se recordó que ya había hecho aquello con Anna y le había salido muy mal. No, lo último que necesitaba era complicarse la vida con otro pajarillo herido.

Se alegró de que llegase el camarero con dos platos humeantes y dirigió la conversación hacia temas generales, incluido las novedades del Club de Ganaderos de Texas. Entretuvo a Sophie con una imitación pasable de Beau Hacket protestando por la creación de una guardería en el club. Después del postre y el café, Zach pensó que había conseguido expulsar las sombras de los ojos de Sophie. Aunque hubiese sido solo por una noche.

Deseó tener un motivo para poder alargar la

velada. Le gustaba la compañía de Sophie cuando no tocaban temas de conversación demasiado personales. Era buena conversadora y sabía escuchar. Ese debía de ser otro de los motivos por los que era tan buena en su trabajo. Siempre estaba tomando nota mentalmente de lo que ocurría a su alrededor, y siempre estaba dispuesta a ayudar, incluso antes de que fuese necesario.

Sophie Beldon lo atraía a nivel intelectual y su sutileza era como el canto de una sirena, desde el brillo de sus ojos justo antes de reír, hasta la curva de sus pechos bajo aquel escote. Y su boca. Qué boca. Zach sintió una punzada de deseo. ¿Cómo sería probarla, sentir la suavidad de aquellos labios contra los suyos?

Dejó la taza de café en el plato con mano ligeramente temblorosa e intentó controlarse. Al final lo consiguió e hizo un gesto al camarero para que le llevase la cuenta. Sacó la tarjeta, pagó la cena y dejó una generosa propina.

Tenía que llevar a Sophie a casa antes de que hiciese o dijese alguna estupidez. Antes de que traspasase la línea invisible que había trazado con respecto a la relación laboral que tenía con ella.

En el breve trayecto a casa de Sophie charlaron de cosas sin importancia y alabaron las virtudes del cocinero de Claire's. Cuando llegaron, para Zach fue algo natural bajarse del coche y acompañarla hasta la puerta. Allí, espero a que Sophie sacase la llave del bolso.

–Bueno, gracias por la estupenda cena. Lo he pasado muy bien –le dijo ella con la llave en la mano.

Antes de que a Zach le diese tiempo a responder, se acercó a darle un beso en la mejilla. Y aquello bastó para que él dejase que su instinto interviniese, girando la cara para que el beso fuese en los labios. La abrazó por la cintura para apretarla contra su cuerpo e inclinó la cabeza para profundizar el beso.

La sangre le ardía en las venas. Los labios de Sophie eran tan suaves y deliciosos como se había imaginado y el pequeño gemido que emitió su garganta le aceleró el pulso. La sensación fue mucho más fuerte de lo que Zach había previsto y supo que su relación laboral jamás volvería a ser la misma después de aquello. Deseaba a Sophie desde la rubia melena hasta la punta de sus delicados pies.

Apretó las caderas contra su vientre y ella respondió, y Zach recordó lo que era sentirse un hombre y morir de deseo por una mujer.

Y entonces, de repente, se acabó. El aire frío de la noche se interpuso entre ambos. Sophie se estaba apartando, con los ojos marrones claros brillantes, los labios húmedos y ligeramente henchidos. Bajó la cabeza y cerró los ojos un instante.

–No –le dijo él.
–¿No?
–No te escondas de mí. De nosotros.

–No hay nada entre nosotros, ¿verdad? –preguntó ella, con voz ligeramente temblorosa.

–Sí que lo hay –respondió Zach.

Necesitaba volver a tenerla entre sus brazos, volver a besarla, pero la realidad lo golpeó con fuerza. Trabajaban juntos. Y, lo que era más, tenían que mantener el despacho a flote durante la ausencia de Alex y hasta que él volviera. Luego, además, estaba Anna. Pensar en su exmujer tuvo el efecto de una ducha fría para Zach.

–No, tienes razón –se corrigió–. ¿Nos vemos el lunes?

Y se apartó un paso de ella, de la tentación.

–Sí, hasta el lunes.

Zach esperó junto al coche hasta que la vio desaparecer detrás de la puerta, hasta que vio que se apagaba la luz de fuera y se encendían las del salón. Entonces, tuvo que hacer un esfuerzo por entrar en el coche y arrancarlo, meter la primera y alejarse de allí. Estaba loco. No tenía que haber perdido el control. Jamás. Iba en contra de sus principios en muchos aspectos y, no obstante, había un hilo invisible entre ellos. Un hilo que se tensaba cuanta más distancia ponía Zach entre ambos.

Capítulo Cinco

–¡Que lo has besado!
–Mia, por favor, ¡cállate! –le dijo Sophie en un susurro a su amiga Mia Hughes–. Además, se suponía que iba a ser un beso en la mejilla, para darle las buenas noches y las gracias... y no lo que fue.

Volvió a estremecerse de deseo catorce horas después de haberse despedido de Zach. Catorce horas después de haber sentido aquel ardor abrasador que no había experimentado nunca antes en sus veintiocho años de vida.

Mia se acercó más a ella desde el otro lado de la mesa.

–Y, cuéntame, ¿hizo que se te pusiese el vello de punta?

–La verdad es que sí.

–¡Lo sabía! –dijo Mia riendo–. Además de guapo, es evidente que es un hombre muy ardiente. Y también misterioso.

–Todavía no sé qué me pasó –le confió Sophie a su amiga.

–Es normal –respondió Mia en voz baja–. Hace mucho tiempo que te atraía, así que no es de extrañar.

—En cualquier caso, no puede volver a ocurrir. Lo he disuadido.

—¿Que has hecho qué? —inquirió su amiga, volviendo a levantar la voz.

Sophie notó que le ardían las mejillas.

—¿Puedes bajar un poco el volumen? —le pidió.

Mia parecía una mujer que siempre mantenía el control. Llevaba la larga melena morena recogida en un moño e iba maquillada de manera sutil, solo para realzar su belleza natural.

Solía ser tranquila y sensata, así que su reacción las sorprendió a ambas.

—Lo siento —dijo Mia, arrepentida—. Es que me has sorprendido. Llevas mucho tiempo detrás de ese tipo y me estás diciendo que has sido tú la que se ha frenado.

—Era demasiado.

—¿El qué, exactamente, era demasiado?

—No te pongas en plan terapeuta conmigo, ¿eh? —le dijo Sophie riendo.

—No, todavía no he terminado la carrera —le recordó Mia—. Y no intentes distraerme.

Sophie suspiró.

—Todo. Salir a cenar con él, el beso de buenas noches.

Se frotó los ojos con la mano derecha.

—Cuando llegó a recogerme, tuve que pedirle que me ayudase con la cremallera del vestido.

Mia lo dijo todo con la expresión de su rostro.

—Sí, se me atascó la cremallera justo antes de que llegase. No podía terminar de subírmela, así que le pedí ayuda a Zach. Y él... me tocó. Fue sin querer, con el dorso de los dedos, pero me pasé el resto de la noche pensando que... si me había sentido así con solo un roce, ¿cómo sería que me tocase de verdad?

—Tienes un problema, nena —bromeó su amiga.

—Lo sé. Si no tengo cuidado, lo estropearé todo. Tenemos que trabajar juntos, por el amor de Dios.

Mia sonrió.

—No hay ningún motivo por el que no puedas trabajar y, al mismo tiempo, disfrutar un poco.

—No sé —dijo Sophie, sacudiendo la cabeza—. Sigo teniendo la sensación de que le pasa algo. Algo que está intentando ocultar. ¿Y si está relacionado con la desaparición de Alex?

Mia trabajaba en la mansión que Alex tenía en Pine Valley. Habían llegado a un acuerdo sin que Sophie tuviese nada que ver y a Mia le venía bien, porque ganaba algo de dinero mientras terminaba sus estudios. Y Sophie sabía que Alex era un jefe muy generoso, pero, desde que había desaparecido, Mia se limitaba a cuidar de la casa.

Mia frunció el ceño al oír las últimas palabras de su amiga.

—¿De verdad piensas que puede estar involucrado?

Sophie se encogió de hombros.

–Quiero pensar que no, pero últimamente trabaja hasta muy tarde y se comporta de una manera misteriosa. Por ejemplo, cuando entro en su despacho y está hablando por teléfono pone a la persona que hay al otro lado de la línea en espera. Y también cierra la pantalla del ordenador portátil para que yo no pueda verla. Él no es así. Quiero decir, que nunca ha sido precisamente un libro abierto, pero está más raro de lo habitual. E incluso anoche, cuando intenté averiguar algo más de él, cambió de tema de conversación y me preguntó por mí. Me dijo que quería que fuésemos amigos.

–¿Amigos?

–Sí, pero para mí la amistad es cosa de dos.

–Umm –murmuró Mia, pensativa.

–¿En qué estás pensando?

–En que eres la persona mejor situada para averiguar qué trama, ¿no?

–Pero no tengo ni idea, ese es el problema.

–Tal vez debas investigar un poco más. ¿Por qué no miras en su ordenador? ¿O en su teléfono? Alex tiene que estar en alguna parte. Nadie desaparece así de la faz de la Tierra. A lo mejor él mismo lo planeó y Zach lo ayudó. No podemos dar por hecho que Zach es el malo de la película.

–Tienes razón –admitió Sophie–. Tal vez esté ayudando a Alex. En cualquier caso, espero que, si está implicado, sea por una buena razón.

—Yo no creo que haya hecho nada malo. Si hay alguien sospechoso, es esa rata de David Firestone. Antes de desaparecer, Alex me pidió un día que pusiese champán a enfriar. Yo le pregunté qué iba a celebrar, y me respondió que le había arrebatado a Firestone un negocio inmobiliario. Al parecer, a Firestone eso no le gustó lo más mínimo.

—Pero ¿de verdad piensas que Firestone ha podido hacerle algo a Alex? ¿Tan enfadado estaba? —preguntó Sophie.

—Tengo entendido que sí. Y, no sé, pero me parece que es la clase de tipo que buscaría venganza si lo creyese necesario.

Mia dio un sorbo a su café y se estremeció.

—Puaj, se me ha quedado frío.

—Me pregunto dónde estará Alex.

—Sí, yo sigo sin querer pensar que le haya podido pasar algo malo. No se llevó nada de la casa. Ni siquiera un cambio de ropa. Nada.

Sophie apartó su plato, en el que todavía estaba la mitad de la comida.

—¿Qué podemos hacer?

—Intentar recabar información. Es lo único que podemos hacer. Tú tienes que averiguar todo lo posible de Zach y yo haré lo que pueda desde casa de Alex, sobre todo, en relación con David Firestone. A lo mejor encuentro algo que me dé alguna pista.

Mia se inclinó hacia delante y tocó la mano de Sophie.

—Por cierto, hablando de información, ¿qué tal van las cosas con el detective que contrataste para encontrar a tu hermana? ¿Has tenido suerte?

Sophie negó con la cabeza.

—No. ¿Y si resulta ser una pérdida de tiempo, Mia? ¿Y si está muerta?

—¿No preferirías saberlo? —le preguntó su amiga en tono comprensivo, apretándole la mano cariñosamente.

—Supongo que sí. Y algo me dice que no lo está.

—En ese caso, lucha por encontrarla —le aconsejó Mia antes de mirarse el reloj—. Será mejor que vuelva a Pine Valley.

—¿Qué tal van las cosas por allí? ¿Todavía tienes a los medios de comunicación acampados a las puertas?

Mia hizo una mueca.

—Sí, allí están. Hoy casi me quitan las ganas de salir a la calle. Me da miedo que alguien entre en la propiedad a husmear.

—Pero la policía ya ha estado en la casa, ¿no? Si no han encontrado nada que explique dónde puede estar Alex, dudo que un periodista pueda hacerlo.

—Eso díselo a ellos —respondió Mia con amargura—. En todo caso, debo irme. Todavía tengo que estudiar un rato. Hoy me toca invitarte a comer a mí, ¿de acuerdo?

—Bueno, yo dejo la propina —respondió Sophie, dejando un par de billetes encima de la mesa.

Ambas se turnaban para pagar la comida a pesar de que a Sophie no le habría importado invitar a su amiga con más frecuencia. Sabía que Mia pronto tendría que pagar la universidad y, a pesar de que Alex era generoso, Sophie dudaba que pudiese permitirse salir a comer tan a menudo.

Al llegar a la caja, ambas se quedaron sorprendidas al ver que rechazaban la tarjeta de Mia.

–No te preocupes, yo pagaré –dijo Sophie rápidamente, sacando el dinero.

–No lo entiendo –comentó Mia, un poco más pálida de lo habitual y con el ceño fruncido.

–Debe de ser algún error del banco. Llámalos y seguro que te lo solucionan enseguida. ¿Quieres que te preste algo de dinero para el fin de semana? Al menos, hasta que soluciones el problema con el banco.

–No, no te preocupes.

Mia abrió el coche y sonrió a Sophie, pero ella se dio cuenta de que estaba preocupada. De todos modos, no quiso insistir. Mia era una mujer orgullosa e independiente.

–Bueno, no dudes en llamarme si necesitas algo, ¿de acuerdo? Te lo digo de corazón, Mia.

–Por supuesto –respondió su amiga.

No obstante, Sophie supo que no la llamaría para pedirle ayuda.

—Ah, y ten cuidado con ese tipo, Firestone.

—No te preocupes —dijo Mia, guiñándole un ojo—. Y tú no hagas nada que yo no sepa con tu señor Lassiter.

Sophie no pudo evitarlo, volvió a ruborizarse. Abrió el coche y entró mientras Mia se reía. De camino a casa, se preguntó hasta dónde estaba dispuesta a llegar para obtener información de Zach.

—No seas ridícula —se reprendió a sí misma—. No eres Mata Hari.

No, no lo era, pero se preguntó si podía hacerlo. ¿Podía intentar seducir a Zach para sacarle información? Iba en contra de sus principios y, además, aunque lo consiguiese, Zach no parecía ser de los que divulgaban sus secretos en la cama.

Se puso tensa solo de pensarlo. Le estuvo dando vueltas al tema durante el camino a casa y, después de llegar, mientras limpiaba y hacía la colada. Luego se puso el camisón y se metió en la cama con su última novela, todavía hecha un manojo de nervios.

—Échalo a cara o cruz —se dijo a sí misma en voz alta, al ver que no podía concentrarse en el libro.

Se destapó, se levantó de la cama y fue a sacar el monedero del bolso. Sacó una moneda y la miró fijamente durante un minuto antes de tirarla al aire.

—Cara, lo hago. Cruz, no lo hago —murmuró muy seria.

La lanzó y volvió a agarrarla, la dejó en la palma de su mano y, lentamente, apartó los dedos.

Había salido cara.

Capítulo Seis

—Al mejor de tres –volvió a decirse en voz alta.
Cara.
Cara.
Sophie pensó que debía de haber alguien ahí fuera riéndose de ella. Volvió a guardar la moneda en el bolso y se metió de nuevo en la cama.

La suerte había decidido que tenía que seducir a Zach para sacarle información acerca de la desaparición de Alex. En realidad, parecía sencillo. Se dejó caer sobre la almohada de plumas y contuvo un suspiro. Jamás lo conseguiría. Había sido ella la que había impedido que las cosas fuesen más lejos cuando él le había dado el beso de buenas noches.

Aunque también era cierto que tenía derecho a cambiar de opinión…

Alargó la mano para apagar la lámpara que había encima de la mesita de noche y se quedó en la oscuridad con la mirada clavada en el techo. Aquello era tremendo. Iba completamente en contra de sus principios, pero se lo debía a Alex, ¿no? Su jefe se merecía que hubiese alguien de su parte. Sophie sabía que la policía estaba intentando encontrarlo, pero de momento no lo había conseguido. ¿Y si Zach les había dado deliberadamente alguna pista falsa?

Se tumbó de lado y cerró los ojos. ¿Y si no lo había hecho? ¿Y si todas sus sospechas eran falsas? A lo peor, hacía algo de lo que después se sentiría muy avergonzada. Se estremeció solo de pensarlo. Aunque, si por el contrario tenía suerte, podía averiguar información importante acerca del paradero de Alex y, por otra parte, era muy probable que disfrutase del mejor sexo de toda su vida. No podía negar que se sentía muy atraída por Zach y, además, estaba segura de que el interés era recíproco. ¿Quién sabía cómo terminarían las cosas?

Cambió de postura y se tumbó del otro lado, incómoda. En realidad, ella no era la clase de persona que podía llevar a cabo un plan así. No estaba hecha para la intriga y la seducción. Le gustaba el orden y la seguridad. Alex y Zach eran socios, pero este último podía trabajar desde cualquier lugar que no fuese Royal. Al fin y al cabo, no tenía nada que lo retuviese allí.

Intentó analizarlo todo de manera lógica, sopesar las ventajas y los inconvenientes, pero empezó a quedarse dormida sin haber encontrado una solución.

A la mañana siguiente, se despertó sorprendentemente descansada y con la respuesta en su mente. Zach le había demostrado que se sentía atraído por ella, pero la había respetado cuando había retrocedido. Así que dejaría que fuese él quien tomase la decisión, aunque lo ayudaría a tomarla.

Atravesó el dormitorio, abrió el armario y miró los cinco conjuntos que tenía colgados en orden para la semana, de lunes a viernes. Ninguno le serviría. Sacó el traje y la camisola que había escogido para el lunes y dejó la camisola en la cama. Se preguntó si el escote de la chaqueta del traje era demasiado atrevido o si, con el sujetador apropiado, sería perfecto para la operación seducción.

Se rio sola mientras volvía a colgar el traje en el armario y estudiaba la ropa que había preparado para el martes. Aquella también podía servirle si dejaba algunos botones desabrochados y, tal vez, se adornaba el escote con un colgante. Estaba segura de que así conseguiría llamar la atención de Zach.

Se preguntó si era de los que se fijaban más en las piernas o en los pechos y decidió prepararse para ambos casos. Decidió que el conjunto del miércoles era demasiado serio para la nueva Sophie Beldon. En su lugar, tomó una falda recta y corta que solía ponerse para salir con sus amigas. Le sentaba muy bien a pesar de que siempre había pensado que tenía las piernas demasiado cortas. La falda, acompañada de unos buenos tacones, sería imbatible.

Volvió a reírse a carcajadas. Aquello estaba empezando a resultarle divertido.

–Que llegue el lunes –se dijo a sí misma, cerrando el armario para ir a la cocina a desayunar–. No puedo esperar más.

Zach sintió todo el peso de sus treinta y cuatro años el lunes por la mañana. Había pasado el fin de semana hablando por videoconferencia con un grupo de médicos de la clínica psiquiátrica en la que quería que ingresase Anna. El problema era que nadie sabía dónde estaba. Sus padres le habían dicho que no habían tenido noticias suyas en todo el fin de semana, algo poco habitual y que, para Zach, que estaba muy preocupado por ella, era una clara señal de alarma.

El sábado había intentado hablar con ella por teléfono y no había logrado localizarla, así que el domingo por la mañana había ido en coche a Midland, que estaba a unos setenta kilómetros de Royal. Se había encontrado con que la casa que habían compartido estaba vacía y que, de hecho, parecía no haber estado ocupada en mucho tiempo. No obstante, había subido al primer piso a comprobarlo y se había encontrado con que, casi dos años después de la muerte de Blake, su habitación todavía estaba desordenada, como si Anna se lo hubiese llevado de repente, como había hecho muchas otras veces después de haber tenido una discusión con Zach.

Al parecer, sus amigos tampoco sabían nada

de ella y a Zach le molestó darse cuenta de que, al parecer, era el único que estaba preocupado. Si Anna se había hecho daño, o algo peor, jamás se lo podría perdonar por no haberla ayudado antes.

Para complicar todavía más la preocupación por su exmujer estaba lo que sentía por Sophie Beldon. Le había parecido buena idea invitarla a cenar el viernes por la noche, por eso lo había hecho, pero después de la ducha fría que había tenido que darse al llegar a casa había empezado a dudar de su cordura. Aunque en realidad lo único que había hecho era transformar un casto beso en la mejilla en algo más. Habría jurado que saltaban chispas entre ambos, pero Sophie se había apartado y él había sido lo suficientemente caballeroso como para no intentar convencerla de lo contrario, por mucho que su libido le hubiese pedido a gritos que lo hiciese.

Abrió la puerta que daba a su zona de oficinas y se quedó inmóvil al ver salir a Sophie de la cocina.

–Ah, ya estás aquí. Buenos días. ¿Quieres un café?

Él se había quedado de piedra y tenía la mirada clavada en ella como si hubiese sido la primera vez que la veía. De repente, se le había quedado la boca seca. No fue capaz de articular palabra. No era la primera vez que la veía con aquel traje, pero nunca la había visto llevarlo así. El tejido de color ámbar resaltaba sus ojos y su melena rubia, pero no fue el color lo que llamó la atención de Zach, sino que no llevase una blusa cerrada debajo. Las suaves curvas de sus pechos asomaban por el escote de la chaqueta.

–¿Zach? ¿Café? –repitió ella, sonriendo con dulzura.

–Ah, sí. Café. Gracias. Estupendo.

Se obligó a ir a su despacho y recuperar la compostura. Se sentía como si le hubiesen tendido una emboscada y le hubiesen dado un golpe en la cabeza. No. Todo era fruto de su imaginación. Continuó consolándose con aquella idea hasta que Sophie entró en su despacho con una humeante taza de café en la mano y se inclinó para dejarla encima del escritorio.

Decididamente, le habían tendido una emboscada. Una suave oleada de almizcle y vainilla y algo más hizo que desease repetir el beso del viernes por la noche… y más. Y lo peor fue que pudo asomarse a aquel delicioso escote enfundado en un sujetador de color crema.

–Gracias –dijo entre dientes–. ¿Has tenido alguna noticia del sheriff esta mañana?

Sophie se puso recta y, por un instante, hizo una mueca. Zach se maldijo, ¿por qué tenía que fijarse también en sus labios?

–Ninguna –respondió ella–. ¿Me necesitas hoy para algo en particular?

A él se le ocurrieron varias cosas, pero ninguna estaba relacionada con el trabajo.

–Por el momento, no –contestó, tomando la

taza de café y dándole un buen sorbo, quemándose la lengua y el paladar al hacerlo.

–Bueno, si cambias de opinión ya sabes dónde encontrarme.

Sophie salió de su despacho y Zach no fue capaz de apartar los ojos de ella. No supo si era su imaginación o si realmente estaba distinta a la semana anterior. Muy distinta y mucho más atractiva.

Y así fueron pasando los días. El perfume de Sophie, si bien era sutil, conseguía acompañarlo durante toda la jornada, volviéndolo loco. Se pasaba el día en un estado de semiexcitación, desde que llegaba, hasta que volvía a su mansión vacía, a su cama vacía todas las noches.

Aunque su perdición eran los leves roces del cuerpo de Sophie cuando menos se lo esperaba. El jueves se quedaron a trabajar hasta tarde y Sophie le llevó los informes que Zach había estado esperando para poder enviárselos a los inversores, al pasar por su lado, le rozó el hombro de manera casi imperceptible con el pecho.

Zach sintió el calor de su cuerpo a través de la blusa azul que llevaba puesta y a través del excelente algodón de su camisa hecha a medida y ambos notaron como un chispazo.

–Lo siento –se disculpó él, apartándose.

–No pasa nada. ¿Vas a necesitar algo más? –le preguntó Sophie, casi sin apartarse de su lado.

–No. Puedes marcharte. Gracias por haberte quedado hasta ahora.

—De nada. ¿Tú te vas también ya a casa?

—No, quiero echar un último vistazo a estos informes y redactar las cartas que van a acompañarlos.

Ella se giró y apoyó el trasero en su mesa.

—Trabajas demasiado, Zach. ¿No crees que deberías tomarte las cosas con más calma, aflojarte la corbata y relajarte un poco?

¿Relajarse? En esos momentos no había ni una sola parte de su cuerpo relajada. De hecho, estaba completamente tenso y se sentía frustrado. Sophie se acercó un poco más y él se dio cuenta de que se había quedado sin palabras.

—¿O quieres que te la afloje yo?

Sophie le desató el perfecto nudo Windsor de la corbata en cuestión de segundos y después le desabrochó el botón superior de la camisa.

—¿No estás más cómodo así? –preguntó después sonriendo.

Sin pensarlo, Zach la agarró de las muñecas y la acercó más a él.

—¿Cómodo? Voy a enseñarte lo que es estar cómodo.

Se inclinó hacia delante y atrapó sus labios. El alivio fue instantáneo, aunque breve, porque la perfección del beso hizo que desease mucho más. Así que se apartó.

—Dime que pare y lo haré –dijo entre dientes, casi incapaz de contener sus instintos ni un segundo más.

Sophie respondió agarrando su rostro con

ambas manos y acercándolo a ella. Luego metió la lengua entre sus labios para acariciarlo y probarlo, y para apartar de su mente cualquier pensamiento sensato. Zach se dejó llevar por el momento, se dejó llevar por el deseo que consumía su cuerpo. Por primera vez en aquella semana, sintió que todo iba bien, y se sumergió en su calor, en su cariño.

Sabía a café, sabía a una dulzura puramente suya y Zach no podía saciarse de ella. Pasó las manos por sus costados y por la curva de sus pechos. Ella gimió y se apretó de nuevo contra él. Se llevó las manos a la blusa y empezó a desabrochársela, dejando al descubierto un sujetador gris plata. Zach se dio cuenta de que tenía los pezones erguidos.

Inclinó la cabeza y llevó los labios a la curva de sus pechos. Sophie se estremeció entre sus brazos y se llevó las manos a la espalda para desabrocharse el sujetador y liberar por fin sus pechos.

–Eres preciosa. Preciosa –le dijo Zach con veneración, tomando sus pechos con ambas manos y acariciándole los pezones con suavidad.

–Tú haces que me sienta preciosa –susurró ella, desabrochándole los botones de la camisa.

–Te deseo, Sophie.

–Y yo a ti. Te deseo tanto... Desde hace tanto tiempo...

Zach se dio cuenta de lo que Sophie acababa de decir. Él había estado conteniéndose, decidido a no tener nada con ella, y resultaba que la atracción había sido mutua desde el principio.

Sophie le abrió la camisa con sus pequeñas manos y luego las apoyó en su pecho. Él se quedó sin respirar al notar sus dedos en la piel. Hacía tanto tiempo que no había dado ni recibido ninguna muestra de cariño, que no había sentido placer satisfaciendo sus necesidades.

Volvió a besarla, la besó una y otra vez, aturdido por el deseo y por la sensación. Casi sin darse cuenta le desabrochó la falda, dejando al descubierto unas minúsculas braguitas que iban a juego con el sujetador. Pasó la mano por el encaje, acarició su suave piel y notó que temblaba con sus caricias. Luego metió la mano por debajo de la tela y la acarició entre los muslos, descubriendo con los dedos el calor y la humedad de la parte más íntima de su cuerpo.

Entonces alargó la mano para quitar de la mesa los papeles en los que había estado tan concentrado unos minutos antes y, con cuidado, la ayudó a sentarse en ella. Vio sus piernas separadas en el borde de la mesa y se quedó sin respiración. No había visto nada tan bello, ni tan exquisitamente femenino en toda su vida. Metió los dedos a ambos lados de las braguitas para bajárselas y Sophie quedó ante él como un banquete, y Zach se sintió como si llevase tanto tiempo sin comer que casi se le había olvidado el placer de hacerlo.

Se colocó entre sus piernas y se inclinó sobre ella para volver a besarla. Sophie hundió los dedos en su pelo y después le clavó suavemente las uñas en la nuca y en los hombros. Zach pasó una mano por todo su cuerpo y se tomó su tiempo en descubrir sus curvas y sentir la suavidad de su piel en las palmas de las manos.

—Estás tan suave... —murmuró contra sus labios.

Ella sonrió también.

—¿Qué tal si pruebas a ver cómo estoy por dentro? —le respondió con la voz ronca por el deseo.

Zach bajó la mano a la unión de sus muslos y acarició la entrada a la zona más caliente de su cuerpo.

—Estás disfrutando haciéndome sufrir, ¿verdad? —le preguntó Sophie.

—Sí.

Zach introdujo un dedo en su cuerpo y notó que su calor lo rodeaba y hacía que se excitase todavía más. La acarició por dentro mientras le presionaba suavemente el clítoris con la palma de la mano. Nada más hacerlo, sintió que los músculos internos de Sophie se contraían, que levantaba las caderas y gemía de satisfacción. Él la acarició más despacio, se tomó su tiempo, y luego retiró la mano a pesar de que Sophie intentó impedírselo. Se desabrochó el cinturón y los pantalones.

Cuando Sophie tomó su erección con las manos a través de los calzoncillos, estuvo a punto de volverse loco, pero, no obstante, consiguió controlarse.

—No tengo preservativos —dijo entonces entre dientes, mientras ella le bajaba la ropa interior para acariciarlo directamente.

—No te preocupes por mí —respondió ella—. De verdad, estoy limpia, me hago análisis de manera regular, no he estado con nadie en el último año y utilizo inyecciones anticonceptivas.

—Yo igual, salvo que llevo solo más de dos años.

Zach sonrió. La situación le resultaba cómica a pesar de que estaba temblando de deseo y todo su cuerpo le pedía que dejase de hablar y empezase a actuar. Sophie volvió a acariciarlo y él suspiró entre dientes.

—¿Se puede saber a qué estás esperando?

—¿Estás segura? —le preguntó él, esforzándose por mantener la calma a pesar de no poder aguantar más—. Yo... hace mucho tiempo que no he estado con nadie.

Ella lo miró a los ojos.

—Estoy segura. Confío en ti, Zach, y tú también puedes confiar en mí. No soy la clase de chica que...

Zach no necesitó oír más.

—Shh. Lo sé. Confío en ti.

Y, dicho aquello, la penetró. Luego respiró hondo y se apartó. Estaba disfrutando y sufriendo al mismo tiempo. La sensación fue demasiado intensa, sobre todo, cuando Sophie lo abrazó con las piernas por la cintura. Zach oyó caer sus zapatos al suelo antes de que sus talones se le clavaran al trasero.

—Hazme tuya, Zach. Toda tuya.

Y él dejó de contenerse y se movió dentro de su cuerpo hasta que sintió que perdía completamente el control. Fue vagamente consciente de que Sophie tenía otro orgasmo antes de disfrutarlo él mismo.

Gimió y se dejó caer, sin ningún cuidado, encima de ella. Sophie lo abrazó con fuerza, como si no quisiera dejarlo marchar. Zach tenía el corazón completamente acelerado y tardó unos segundos en apartarse, consciente de que tenía que estar aplastando a Sophie, que era mucho más menuda que él.

Salió a regañadientes de su cuerpo y la echó de menos nada más hacerlo.

—¿Estás bien? —le preguntó después, ofreciéndole una mano para ayudarla a incorporarse.

—Nunca había estado mejor —respondió ella, poniéndose de puntillas en el suelo para darle un beso.

A pesar de que acababa de tener un sexo increíble con ella, Zach volvió a desearla otra vez, así que abrazó su cuerpo delgado y la apretó con fuerza contra el de él mientras profundizaba el beso. En ese momento sonó su teléfono móvil.

Sophie se apartó.

—Iré a asearme mientras respondes —le dijo, dándole otro beso rápido en la mejilla.

Él la vio recoger sus cosas con movimientos graciosos y salir de su despacho para dirigirse a los baños que formaban parte de su zona de oficinas. Deseó seguirla, pero su teléfono no dejaba de sonar.

Lo tomó y descolgó sin molestarse en comprobar de quién se trataba.

−¿Zach? ¿Eres tú?

Anna.

Y la culpabilidad lo golpeó con la fuerza de un tren desbocado.

Capítulo Siete

Aunque la culpabilidad iba acompañada de alivio. Una mezcla que no había experimentado desde hacía muchos años. Su matrimonio con Anna se había roto mucho antes de que se secase la tinta de los papeles del divorcio. No obstante, Anna todavía lo necesitaba y él se sintió aliviado y dio gracias a Dios en silencio al darse cuenta de que estaba bien.

–Sí, soy yo. ¿Dónde estabas?
–Fuera. Necesitaba espacio, y tiempo para pensar en algunas cosas. Me han dicho los vecinos que has estado aquí, que has venido a buscarme. ¿Me necesitabas para algo en especial?

Sonaba distante, como si tuviese la cabeza en otra cosa. Aquello lo preocupó.

–No, para nada en especial, pero me preocupé cuando no pude localizarte, nada más. ¿Va todo bien?

–Estoy bien, Zach. No tienes de qué preocuparte. Todo va bien.

–¿Te estás tomando las medicinas?

–Por supuesto que sí. Pienses lo que pienses, sé cuidarme sola.

Zach lo dudaba mucho. Y la manera de hablar de Anna lo estaba preocupando todavía más. Había pasado de llamarlo todos los días, de llorar al teléfono, rota por el dolor de haber perdido a su hijo, a aquello. Él había llamado a sus padres para ver si podían convencerla de que se quedase con ellos algunos días. Al menos, así habría podido relajarse al saber que alguien la estaba vigilando hasta que la convenciese de que tenía que ir a ver a los médicos de la clínica.

–Está bien –le respondió, obligándose a hablar con calma–. Te creo, Anna. Y dependo de que te cuides sola.

–Quieres decir que no te decepcione, ¿verdad?

–No me decepcionas.

–Pero te decepcioné, ¿verdad?

Él suspiró y cerró los ojos.

–Eso es una historia pasada.

–¿Tú crees?

–Anna, por favor. No te hagas esto.

–Lo siento, Zach. ¿Te he dicho ya lo mucho que lo siento?

La tranquilidad había desaparecido de la voz de Anna y en esos momentos lo que había era dolor.

–Sí, Anna, no te preocupes. Y tienes que hacerme caso, ha llegado el momento de seguir adelante.

–Lo intento, pero es muy difícil.

–Lo sé –la consoló él.

Era cierto. Lo sabía. No había ni un solo día

en que él no pensase en Blake y en lo que habría estado haciendo si todavía viviese.

—Pero eres más fuerte de lo que piensas, Anna —añadió—. Lo superarás. Mira, ¿por qué no metes un par de cosas en una maleta y llamo a tus padres para que vayas a pasar el fin de semana a su casa? Así tendrás compañía. ¿Qué te parece?

—Bien, me parece bien.

Zach suspiró aliviado y empezó a relajarse. Al menos, Anna estaría bien unos días. Le pidió que le asegurase que iba a preparar la maleta y después, nada más colgar, llamó a sus exsuegros, que se alegraron al enterarse de que Zach había convencido a su hija para que fuese a pasar unos días con ellos. También se habían preocupado con su desaparición y Zach tenía la esperanza de que eso hiciese que lo apoyasen en su idea de meterla en una clínica en la que pudiesen ayudarla a salir del agujero negro en el que estaba sumida antes de que fuese demasiado tarde.

Zach colgó el teléfono después de hablar con sus suegros, cerró los ojos y deseó con todo su corazón que Anna estuviese a salvo con ellos. Las dos últimas veces que había intentado suicidarse, sus padres le habían quitado importancia al tema y habían dicho que había sido un accidente, que había tomado demasiadas pastillas para dormir solo porque le costaba hacerlo desde el accidente, por lo que este había implicado, y por el dolor de cuello que había tenido desde entonces.

Y él no negaba que fuese cierto, pero sus problemas eran mucho más graves y, dado que sus padres no querían hacer nada al respecto, le tocaba a él ayudarla a salir de la oscuridad. Anna necesitaba a alguien que luchase por ella, por su vida.

Zach abrió los ojos, vio el caos que había en su mesa y la tensión de sus hombros aumentó al recordar lo que acababa de ocurrir en su despacho. Se agachó a recoger la camisa y se la puso. Menuda noche de contrastes. Había pasado del cielo a las profundidades de la Tierra en tan solo unos segundos.

Terminó de vestirse e intentó ordenar su escritorio, pero lo dejó poco después. Ya lo haría a la mañana siguiente, cuando viese todo con más claridad. Metió el ordenador portátil en la funda, se guardó la corbata en el bolsillo y salió a la zona de recepción.

Sophie estaba junto a su mesa. Echó a andar hacia él, pero después dudó.

–¿Estás bien? –le preguntó con cautela, como si no estuviese segura de si debía hablarle.

Zach sintió anhelo al verla y oírla. No era un deseo sexual, sino más bien la necesidad de refugiarse en ella. Dejó las cosas encima de la mesa y abrió los brazos para acogerla, cuando los cerró, la sensación fue de paz. Se quedaron allí unos minutos, sin decir nada, solo... juntos.

Y aquello le dio a Zach la fuerza que necesitaba, por el momento.

Sophie se sintió confundida. Había dejado a Zach en su despacho contento y satisfecho. ¿Con quién habría hablado para estar repentinamente tan serio? Lo abrazó con fuerza, como para darle ánimos, para darle ese consuelo que tanto parecía necesitar y que, evidentemente, estaba buscando en ella.

El hecho de que Zach hubiese acudido a ella, y de que ella pudiese consolarlo, la emocionó. Aunque saber que la necesitaba le produjo una sensación agridulce.

Le acarició los largos músculos de la espalda a través del fino algodón de la camisa y notó que se iba relajando. Aspiró su aroma a mar, a limpio, y pensó que no volvería a estar en una playa sin pensar en Zach Lassiter y en aquel momento.

Tenía la mejilla apoyada en su pecho y lo notó respirar hondo para después espirar.

–Gracias –dijo él, apartándose–. Lo necesitaba.

–¿Ha sido una llamada dura? –le preguntó Sophie, muerta de curiosidad, pero sin saber cómo preguntarle con quién había hablado.

Él apretó los labios y asintió brevemente.

–Sí, pero por ahora va todo bien. Siento que nos haya interrumpido...

Sophie le puso un dedo en los labios.

–No, no lo sientas. La vida es así. Y lo acepto.

Sophie sabía que en la vida siempre había interrupciones, en ocasiones demasiado duras y bruscas, por eso iba a disfrutar del tiempo que pasase con Zach con todas sus ganas. Después de lo ocurrido, ya casi ni se acordaba de su conversación con Mia y de que lo que había pretendido era seducirlo para sacarle información. Había demasiada química entre ellos y Sophie sabía que quería más.

Lo miró directamente a los ojos.

–Jamás pensé que le diría esto a un hombre, pero ahí va: ¿En tu casa o en la mía?

Zach no lo dudó.

–En la mía –respondió con seguridad, entrelazando los dedos con los de ella–. Podemos pasar por la tuya por la mañana para que te cambies de ropa, pero hasta entonces no creo que vayas a necesitar nada más.

Sophie le devolvió la sonrisa y le apretó la mano con fuerza. No podía hablar, lo deseaba tanto que le temblaban literalmente las rodillas. Salieron de su zona de oficinas y ella se alegró de que no estuviese la recepcionista ni el personal de contabilidad y administración, porque estaba segura de que se les notaba en la cara tanto lo que acababan de hacer... como lo que se disponían a hacer.

Tardaron una media hora en llegar a casa de Zach, y a Sophie le pareció el viaje más largo de toda su vida. Todo su cuerpo estaba en tensión. Intentó controlar sus pensamientos y sus emociones, pero no pudo.

Nunca había hecho algo así, nunca. Siempre había mantenido el control. Siempre había planeado y organizado sus relaciones. Se había dejado cortejar y después, si la relación había llegado a la fase del sexo, este siempre había sido satisfactorio, pero no había tenido nada que ver con la culminación de placer que había experimentado esa noche con Zach.

Se estremeció solo de pensar en pasar toda una noche con él. Había tenido que armarse de valor para decirle lo que le había dicho y había pensado en la posibilidad de que Zach la rechazase, de que pusiese una excusa para rechazarla educadamente, pero con firmeza. No lo había hecho. La vocecita interior de Sophie gritó emocionada al pensar en lo que le esperaba esa noche.

Sintió que se le hacía un nudo en el estómago al darse cuenta de que llegaban a casa de Zach y él utilizaba un mando a distancia para que las puertas de hierro que había ante ellos se abriesen solas. Aceleró al traspasarlas y luego detuvo el coche delante de una imponente mansión de dos pisos.

Era evidente que se trataba de una casa muy cara y, por un momento, Sophie se preguntó si estaba haciendo bien. Zach pertenecía a un mundo completamente diferente al suyo. Tenía dinero. Dinero de verdad. Y mucho.

—¿Vienes? —le preguntó él, abriendo la puerta para salir.

Sophie asintió y se desabrochó el cinturón de seguridad. Cuando quiso recoger el bolso del suelo del coche, Zach estaba a su lado, abriéndole la puerta. A ella le encantó el gesto y le dio sin dudarlo la mano para que la ayudase a salir. Nada más hacerlo, sintió que un deseo salvaje la consumía.

Casi ni se fijó en los pilares que bordeaban la puerta de entrada de la casa, ni en los baldosines italianos de color crema y oro del suelo. Automáticamente, fue poniendo un pie delante del otro para subir la escalera enmoquetada, con una mano apoyada en la barandilla de hierro ornamental y la otra agarrada a la de Zach. Atravesaron un pasillo y se detuvieron un instante delante de unas puertas dobles de madera.

Zach giró el pomo y abrió las puertas, y luego hizo entrar a Sophie con él en la habitación. Después se giró para volver a cerrarlas. Dos lámparas gemelas de alabastro, muy elegantes, iluminaban tenuemente la habitación desde ambos lados de la cama, pero a Sophie no le interesaban los caros muebles ni la enorme cama en su elevado pedestal. Solo tenía ojos para el hombre que estaba a su lado, mirándola con deseo y con una promesa de exquisito placer en la mirada.

Y no la decepcionó. La primera vez había sido muy rápida y, en esa ocasión, ambos se tomaron su tiempo. Descubrieron sus cuerpos y las zonas secretas que los hacían temblar de placer o reír a carcajadas. Ceder a la atracción que había entre ambos había sido lo más sencillo y lo mejor. No había palabras para describir cómo se sentía Sophie. Lo único que sabía era que aquello era mucho, mucho más que un capricho. Lo que sentía por Zach Lassiter iba mucho más allá de la fuerza magnética que los había unido esa noche.

Y esos sentimientos habían hecho que desease apartar las sombras de sus ojos, ver solo alegría y felicidad reflejadas en ellos. Esos sentimientos hacían que Sophie deseara que aquella fuese solo la primera noche de muchas otras, durante el resto de sus vidas.

Capítulo Ocho

Zach se dio cuenta del momento exacto en el que Sophie se había quedado dormida por el modo en el que su cuerpo se había relajado. Le dio un beso en la cabeza y, en silencio, le deseó que tuviese dulces sueños.

Él estaba físicamente agotado, pero su mente no dejaba de trabajar. ¿Qué había hecho? Su vida ya era lo suficientemente complicada sin Sophie en ella. Tenía que haber utilizado ese autocontrol acerca del que Alex tanto había bromeado siempre, tenía que haber seguido siendo frío y haber mantenido las distancias con Sophie.

Hasta la cena del fin de semana anterior, no se había dado cuenta de que la atraía. Sophie siempre había sido amable, eficiente y complaciente, pero el beso de la primera noche y su comportamiento desde entonces habían minado su determinación.

Aspiró el aroma de su pelo mezclado con el último perfume que se había puesto. Eran una mezcla embriagadora y Zach notó que su cuerpo respondía. Volvió a sentir dardos de calor por todo el cuerpo.

Nadie había conseguido que se sintiese así

antes. Nunca había deseado a nadie con tal desesperación. Quería más, quería ver si podían tener una relación juntos. Averiguarlo todo el uno del otro. La conexión física ya la tenían. No había habido ningún momento incómodo entre ellos. Y tal y como se sentía cuando entraba en su cuerpo... había sido la mejor experiencia de toda su vida. Si podían alcanzar la misma conexión mentalmente, podían tener una relación fuera de lo normal.

De repente, se sintió culpable. Anna estaba en una situación muy vulnerable. ¿Podía permitirse él disfrutar de aquello, sentir lo que sentía por otra mujer? No quería ni pensar en cómo reaccionaría Anna si se enteraba. Dependía emocionalmente de él, que había aceptado aquella carga. Se lo debía. Al fin y al cabo, jamás debía haber cedido a la presión de su padre, no debía haberse casado con ella. Lo había hecho movido por la ambición, sin pensar a largo plazo, creyendo que así su éxito llegaría más rápidamente. Y Anna había sido inocente en todo aquello.

En esos momentos estaba haciendo lo que era mejor para ella. En vez de estar a su lado y cuidarla físicamente, cosa que Anna le había dejado claro que no quería, había hecho lo siguiente que podía hacer: mandarla a casa de sus padres.

Se preguntó qué haría Anna si se enteraba de que él tenía otra relación y después abrazó a Sophie con fuerza y disfrutó de su calor y de la sensación de tenerla pegada a su cuerpo desnudo. No había tenido relaciones íntimas con nadie más, hasta entonces. Dado que Sophie le pasaba algunas llamadas, estaba al corriente de la dependencia que Anna tenía de él, pero ¿qué pensaría de la importante presencia que su exmujer tenía en su vida?

Cerró los ojos. Qué complicada era la vida. Unos años antes, había creído tenerlo todo bajo control. Había sido un loco estúpido y arrogante al pensar que podía limitarse a seguir un plan. De hecho, si había aprendido algo de su matrimonio con Anna, había sido a adaptarse a los cambios.

Se preguntó por el giro que acababa de dar su vida en esos momentos. ¿Podía embarcarse en lo que posiblemente sería una aventura, en una época en la que su trabajo estaba sufriendo tantos cambios? ¿Habría sido la desaparición de Alex lo que había hecho que Sophie y él se uniesen, y que acelerasen de manera artificial lo que sentían el uno por el otro? Zach no paró de darle vueltas al tema.

Hundió el rostro en la curva del cuello de Sophie, inhaló el olor de su piel y de su pelo y sintió que empezaba a relajarse. Era el efecto que aquella mujer tenía en él, incluso dormida. Lo tranquilizaba. Aliviaba sus preocupaciones. ¿Y acaso no se lo merecía? ¿No se merecía ser feliz? ¿Un descanso de sus obligaciones? Sophie le daba eso, eso y mucho más. Sin darse cuenta, Zach tomó una decisión. Iba a aceptar lo que tenía y dejar que aquella relación siguiese su curso. Se lo debía a sí mismo y también a Sophie.

Su cuerpo empezó a relajarse y por fin se quedó dormido, seguro de que podría con aquello. Cada cosa, a su tiempo.

A la mañana siguiente llegaron tarde al trabajo. Durante la noche, se habían buscado en varias ocasiones en la oscuridad y habían alcanzado juntos nuevos clímax. Cuando amaneció, Sophie se sintió completamente saciada. Después del desayuno en la cocina de Zach, que dejó a Sophie con ganas de ver qué había en la nevera e intentar hacer alguna de sus recetas en aquellos electrodomésticos tan modernos, fueron a su casa para que se diese una ducha y se cambiase de ropa. El maquillaje se lo tuvo que poner en el coche, de camino al trabajo.

Varias personas los miraron con curiosidad al ver que entraban en el edificio juntos y Sophie sintió que le ardían las mejillas y le brillaban los ojos después de que Zach le hubiese dado un beso en el ascensor. No obstante, nadie dijo nada. De hecho, todo parecía normal.

Sophie se abrazó a sí misma unos segundos y después se soltó y sonrió de oreja a oreja.

–Pareces contenta –le dijo Zach a sus espaldas.

Le apartó un mechón de pelo para dejar al

descubierto su cuello y le dio un beso detrás de la oreja.

—Tengo un problema contigo.

—¿De verdad? —respondió ella, intentando contener el estremecimiento que acababa de recorrer su cuerpo.

—No he podido concentrarme en el trabajo en todo el día.

Sophie tragó saliva. Ella también había sentido un cosquilleo cada vez que había mirado hacia el despacho de Zach.

Zach continuó.

—¿Tienes planes para mañana por la noche?

—¿Yo? No, ¿por qué?

—Me hacen una fiesta de bienvenida en el Club de Ganaderos de Texas. ¿Te gustaría acompañarme?

Zach le había hecho la invitación con mucha naturalidad, pero ella sabía lo que aquello significaba. Ser aceptado en el club implicaba la aceptación de la élite de Royal.

—Será un placer. Suelen ser fiestas un tanto formales, ¿verdad?

—Sí, eso creo.

—En ese caso, me aseguraré de que te sientes orgulloso de mí.

Dudó un instante al verlo fruncir el ceño y luego le preguntó:

—Estás pensando en Alex, ¿verdad?

—Sí. La fiesta sin él, que fue quien me presentó en el club, no será lo mismo.

Sophie estudió su rostro cuidadosamente, confundida. Si Zach tuviera algo que ver con la desaparición de Alex, no le preocuparía tanto que su amigo no estuviese para compartir aquel momento con él. ¿O era sencillamente un muy buen actor?

Y, si Zach era un buen actor, ¿qué era ella? Bromas aparte, cuando había decidido investigar a cualquier precio si Zach tenía algo que ver con la desaparición de Alex, realmente no se había parado a pensar en el coste emocional que tendría embarcarse en una relación física con él. Había sido tan tonta y tan ingenua que no se había dado cuenta de que aquel hombre ya le había robado el corazón. Sabiendo que estaba enamorándose de él, ¿podía pensar al mismo tiempo que estaba implicado en la desaparición de Alex?

–Eh –le dijo Zach, levantándole la barbilla–. No pretendía ponerte triste.

–No pasa nada. Me imagino que mañana va a ser un día duro para ti.

–Por eso me alegro de que vayas a acompañarme –respondió él sin más.

Y sus palabras golpearon a Sophie con fuerza.

Aquello no tenía nada que ver con las risas que había compartido con su amiga Mia con respecto a la operación seducción. Era evidente que Zach estaba sufriendo y debía de tener miles de motivos para haber tenido una actitud más reservada en las últimas semanas y para hablar por teléfono con la puerta de su despacho cerrada.

Sophie se dio cuenta de que se había quedado sin palabras y se limitó a sonreír.

Había mucho trabajo y Zach pasó el resto del día acudiendo a reuniones con clientes. Fue a media tarde cuando Sophie respondió a una llamada que tenía que haber sido para él. Zach solía desviar las llamadas a su teléfono móvil antes de salir, ya que tenía que estar siempre disponible para sus clientes, así que a Sophie le sorprendió ver que entraba una llamada para él.

–Despacho de Zach Lassiter. Soy Sophie –respondió.

–Quiero hablar con el señor Lassiter, por favor –le pidió una voz de hombre.

–Lo siento, pero en estos momentos no puedo pasarle su llamada, pero le diré que se la devuelva lo antes posible. ¿De parte de quién?

–No, no quiero dejar ningún mensaje, gracias.

Y, dicho aquello, el hombre colgó y Sophie se quedó con la sensación de que allí pasaba algo extraño. Hizo una nota e intentó olvidarse del tema, pero no pudo. Trató de recordar, había oído ruidos de fondo, una voz que anunciaba algo por un altavoz. Cerró los ojos e intentó recordar más, pero no pudo sacar ninguna conclusión.

–¿Estás soñando conmigo?

La voz de Zach la sobresaltó y abrió los ojos.

–Ah, eso siempre –le respondió–. Acaban de llamarte. Un hombre, pero no ha querido dejar ningún mensaje.

Zach se miró el reloj.

—Vaya, tenía la esperanza de llegar a tiempo. No importa, les devolveré la llamada.

¿Así que había esperado la llamada? Sophie intentó no pensar en que aquello no le daba buena sensación. Vio a Zach ir a su despacho y cerrar la puerta tras él. Fuese de lo que fuese a hablar, no quería que ella lo oyese.

Intentó concentrarse en analizar el registro de llamadas. Alex siempre había sido muy riguroso con los detalles y, a pesar de que aquel era un trabajo que normalmente debía haber realizado otra persona de menor rango que ella, su jefe había insistido en que aquello formase parte de sus tareas. Sophie ya conocía muchos de los números, casi todos pertenecientes a personas que vivían en Royal y en los alrededores, pero había uno nuevo que se repetía una y otra vez. Sophie retrocedió varias páginas y se dio cuenta de que aquel era un número al que no habían llamado cuando Alex había estado allí, sino solo recientemente, y desde la línea de Zach.

Por curiosidad, Sophie descolgó su teléfono y marcó el número.

—Clínica Philmore, buenas tardes, ¿en qué puedo ayudarle?

Sophie colgó el teléfono y buscó la clínica en Internet. Los resultados la sorprendieron. Entró en la página web de la Clínica Philmore y leyó la página de entrada y la descripción de la clínica. Al parecer, era un centro de rehabilitación y también para personas con problemas mentales que corrían el riesgo de hacerse daño o de hacer daño a otras personas.

Cerró la página y siguió pensando en lo que había leído. Se preguntó si Alex estaría en aquella clínica. ¿Lo habría obligado a ingresar Zach? Eso no tenía sentido. No habría hecho algo así sin que antes hubiese ido al médico, y, si Alex hubiese tenido algún problema, mental o de cualquier otro tipo, ella se habría dado cuenta. Tal vez Zach tuviese un cliente que trabajaba para la clínica. Sí, tenía que ser eso. Sophie intentó convencerse a sí misma, pero no pudo evitar seguir estando preocupada.

Se dijo que quizás debiese preguntárselo a Zach directamente. Lo vio salir de su despacho, serio y despeinado, con la funda del ordenador en la mano.

—Me ha surgido algo —le contó—. Tengo que irme a una reunión y es probable que no vuelva hasta esta noche.

—Antes de que te marches, ¿puedes echarle un vistazo a esto? Hay un número de teléfono que no conozco.

Zach se acercó a su mesa y miró el papel.

—Apúntalo como una llamada mía, personal —le dijo con expresión seria.

—Personal —repitió ella.

—Sí, ¿algo más?

—No —respondió Sophie, un poco dolida por su brusquedad.

La noche anterior y esa mañana, Zach había sido un hombre diferente. Era evidente que había algo que lo preocupaba.

–¿Puedo ayudarte en algo? –le preguntó.

–Ojalá, pero no.

–¿A qué hora tienes pensado volver? –le dijo Sophie–. Había pensado que podríamos cenar en mi casa.

–Lo siento, pero no voy a poder. No tengo ni idea de a qué hora estaré libre, así que será mejor que no hagamos planes. Te recogeré mañana por la noche para ir al Club de Ganaderos de Texas, ¿de acuerdo? Siento tener que salir corriendo de esta manera, habría preferido...

–No te preocupes, lo comprendo.

Sophie prefirió interrumpirlo antes de que Zach le contase alguna perogrullada que pudiese disgustarla y le dijo que lo comprendía, aunque no fuese cierto. En realidad, no lo entendía. No entendía nada. ¿Dónde estaba el hombre con el que había pasado la noche anterior? Ella había pensado que tal vez podían tener algo juntos, pero se quedó mirando hacia la puerta mientras él se marchaba a esa reunión que le había surgido tan de repente y la dejaba con muchas más preguntas que respuestas.

Capítulo Nueve

Zach observó con emociones encontradas cómo los demás miembros del Club de Ganaderos de Texas se paseaban por el salón. Casi todos parecían sentirse muy orgullosos. Que un muchacho que había crecido en una familia de clase media pudiese ser miembro del club era todo un logro. Su padre también se sentiría orgulloso cuando se lo contase.

Se dijo que tendría que llamar a sus padres el domingo. Ambos estaban jubilados y él les había comprado una casa en Florida. Le había costado mucho esfuerzo convencer a su padre de que la aceptase, pero había sido firme y lo había conseguido. Quería que sus padres disfrutasen de los años de jubilación. Ambos habían trabajado mucho durante toda la vida para darle un hogar estable y feliz. Incluso cuando a su padre lo habían echado de la empresa de diseño y fabricación de componentes electrónicos, habían conseguido salir adelante sin tocar el dinero que habían ahorrado para poder pagarle la universidad a Zach. Así que lo mínimo que podía hacer era ayudarlos a disfrutar de los años que les quedaban.

Sí, su padre estaría orgulloso de él, pero la

persona a la que le habría gustado tener a su lado esa noche no estaba allí y eso lo inquietaba profundamente. A juzgar por el ambiente serio de la velada, no era el único preocupado. La desaparición de Alex estaba siendo uno de los principales temas de conversación.

–Zach, ahora que hemos terminado con las formalidades, deja que te dé personalmente la bienvenida al club –le dijo Gil Addison, el presidente, ofreciéndole la mano.

Zach se la apretó cariñosamente.

–Gracias. Es todo un honor formar parte del club.

–Veo que has venido con Sophie Beldon. Es la ayudante de Alex Santiago, ¿verdad?

–Y mía hasta que Alex vuelva –respondió Zach, buscando a Sophie con la mirada por todo el salón.

Se había puesto un sencillo vestido negro que él estaba deseando quitarle. Antes de pasar a recogerla, la había llamado y le había dejado un mensaje para decirle que llevase una bolsa de viaje con ropa para así poder quedarse a dormir en su casa. Zach no se había dado cuenta de lo mucho que deseaba que a Sophie le pareciese bien hasta que no había llegado a su casa y había visto la bolsa junto a la puerta.

–¿Todavía piensas que va a volver?
–Eso espero, sí.
–Supongo que no tendrás noticias suyas.

Zach negó con la cabeza.

—Nada.

—Su desaparición es todo un misterio. Tengo entendido que Nate Battle está trabajando con una detective de Dallas. Supongo que, en algún momento, se pondrá en contacto contigo también, dado que trabajabais juntos.

—Me alegra saber que el sheriff está utilizando todos los recursos a su disposición para intentar encontrar a Alex.

—Al parecer, la investigadora, Bailey Collins, piensa que es posible que Alex Santiago no sea su verdadero nombre. Eso hace que uno se pregunte quién es en realidad.

—Y dónde está –añadió Zach, sorprendido al enterarse de la posibilidad de que su amigo ni siquiera fuese quien decía ser.

Dada la naturaleza de su negocio y las enormes cantidades de dinero que movían en nombre de sus clientes, la noticia alarmó a Zach. Sabía que la policía había congelado las cuentas bancarias de Alex, aunque las del negocio seguían funcionando con normalidad. No obstante, se dijo que cambiaría las contraseñas lo antes posible para evitar problemas. Solían hacerlo regularmente, pero con un sistema que Alex conocía. Si al final resultaba que su amigo era en realidad un delincuente, podían correr el riesgo de perderlo todo. Y en una semana empezarían con el proyecto Manson, en el que los inversores iban a poner mucho dinero.

—Si te enteras de cualquier cosa, cuéntamelo

–le pidió Gil antes de disculparse y marcharse a hablar con otra persona.

Sophie se acercó a él y Zach decidió dejar para más tarde sus preocupaciones acerca de Alex.

–¿Te estás divirtiendo? Ha venido mucha gente a darte la bienvenida como nuevo miembro del club, ¿no?

Todas las personas que eran alguien en Royal estaban allí. Beau Hacket, miembro del Club de Ganaderos de Texas de toda la vida, estaba sentado a una mesa con sus amigos. Al parecer, casi todos se habían opuesto abiertamente a que Abigail Price se presentase a la presidencia del club un par de años antes. La esposa de Beau, Barbara, estaba con un grupo de mujeres de mediana edad y todas rodeaban a su hija, Lila, y a otro miembro del club, Sam Gordon.

–Sí, ha venido mucha gente –le respondió a Sophie–. ¿Quieres que nos quedemos al baile?

–Lo que tú prefieras –le dijo ella.

–Pues yo creo que prefiero que nos marchemos, a no ser que... –le contestó, inclinándose para terminar la frase en un susurro– tú y yo vayamos a bailar desnudos.

Sophie se estremeció solo de pensarlo.

–Pues como no queremos escandalizar a todo el mundo, yo diría que deberíamos despedirnos e ir a casa, ¿no?

Zach no podía estar más de acuerdo. Agarró a Sophie de la mano y se dirigieron hacia la puerta del salón, despidiéndose por el camino de todas las personas a las que conocían. Esperaron a que el aparcacoches les llevase el Cadillac y Zach la ayudó a entrar, aprovechando para echar un vistazo a su escote y dándose cuenta de que no llevaba sujetador.

Se le secó la boca y se dio cuenta de que se había excitado completamente en un momento. No podía esperar a descubrir qué otras sorpresas lo esperarían debajo de aquel vestido.

Ajena a su tensión, Sophie lo miró y le dedicó una sonrisa. Zach condujo hasta su casa en tiempo récord, arriesgándose a que le pusiesen una multa por exceso de velocidad para llegar a casa con ella antes de explotar.

No se molestó en meter el coche en el garaje, salió y sacó la bolsa de viaje de Sophie del maletero. Ella lo estaba esperando en las escaleras que llevaban a la puerta de entrada. Zach puso el dedo en el escáner biométrico para poder entrar y desactivar la alarma, y mientras lo hacía se obligó a respirar hondo. Tenían toda la noche y el día siguiente. Podía tomárselo con calma y saborear cada segundo que pasase en compañía de Sophie en vez de precipitarse y comportarse como un adolescente.

—Hace una noche preciosa, ¿verdad? —comentó Sophie, inhalando el aire de la noche, enriquecido con el olor a rosas del jardín.

Él se detuvo un instante y la miró. La miró de verdad. Estaba radiante. La luz que había en el exterior de la casa la hacía brillar.

—Lo más precioso eres tú.

Inclinó la cabeza y la besó, fue un beso largo y profundo, un beso húmedo, que duró hasta que Zach sintió que Sophie temblaba. Entonces tuvo que hacer un esfuerzo para no soltar su bolsa de viaje, tomarla en volandas y llevarla hasta algún lugar en el que ambos pudiesen ponerse en posición horizontal. Lo consiguió.

—Vamos dentro. ¿Quieres que nos tomemos una copa antes de irnos a la cama?

Sophie puso gesto de sorpresa solo un instante y él contuvo una sonrisa. Le alegró darse cuenta de que estaba tan ansiosa como él de llegar a su habitación, y decidió que alargar el momento un poco no le haría daño a nadie, por mucho que su cuerpo no pudiese esperar más.

—Claro, buena idea.

—Vamos fuera —le sugirió él—. Tengo un pequeño bar en la galería que hay junto a la piscina.

Dejó la bolsa de viaje junto a las escaleras y volvió a agarrarla de la mano para guiarla por la casa hasta volver a salir a la terraza en la que estaba la piscina.

—Vaya, jamás me habría imaginado que había todo esto detrás de la casa —comentó Sophie admirada.

Zach sonrió.

—La última vez que viniste no tuvimos tiempo para que te enseñase la casa, ¿verdad?

Ella se ruborizó.

—No. Sinceramente, Zach, todo esto me parece demasiado para una sola persona.

—Es una inversión —le contó él, llevándola hacia la galería.

Le hizo un gesto para que se sentase en uno de los mullidos sillones que había enfrente de la chimenea que había pedido que le hicieran para épocas más frías.

—Pues menuda inversión —comentó Sophie—. ¿Qué hay ahí?

Zach se dio cuenta de que estaba señalando un camino bordeado de columnas.

—Un gimnasio y un spa, y después una zona para jugar un poco al golf que utilizo para entretener a los clientes. ¿Qué te apetece tomar? ¿Champán o algo más fuerte?

—Champán, por favor. ¿Te traes a los clientes aquí?

—Algunos se han alojado en la casa de invitados.

Descorchó la botella que había sacado de la nevera y sirvió dos copas. Sophie se había levantado y se había acercado a la piscina. Se había agachado y estaba tocando el agua con los dedos.

—Qué limpia está —comentó, poniéndose en pie y aceptando la copa que Zach le acababa de llevar.

—¿Te apetece darte un baño?
—No he traído traje de baño.
—Tengo varios en los vestuarios, aunque no

hay vecinos alrededor, ni ningún trabajador en casa, estamos solos tú y yo –le respondió él, chocando su copa contra la de ella–, así que el bañador es completamente opcional.

Sophie lo miró fijamente y dejó que el trago de champán que había dado le refrescase la garganta. La idea de bañarse desnuda con Zach la excitó. Hacía una noche cálida y el agua de la piscina tenía la temperatura ideal. Notó que se le endurecían los pezones debajo del vestido, que se tensaban todos los músculos y que una oleada de calor la iba invadiendo poco a poco.

Nunca había hecho nada tan atrevido ni tan erótico en toda su vida. Jamás había deseado hacerlo, pero en esos momentos no le apeteció hacer otra cosa con el impresionante hombre que tenía al lado.

–Bueno –dijo, alejándose de Zach para dejar la copa de champán encima de una mesa cercana–, si el traje de baño es opcional…

Se dio cuenta de que Zach se ponía tenso al ver que se agarraba el vestido. Muy lentamente, se lo quitó. Se había preguntado qué ponerse debajo, pero la dependienta de la tienda en la que lo había comprado le había sugerido que fuese sin sujetador, cosa que no recordaba haber hecho nunca para salir a la calle desde que tenía doce años.

Al llegar a casa se había dado cuenta de que,

en realidad, no tenía elección. El sujetador se le veía y le estropeaba el vestido y, en realidad, no le hacía falta porque la tela le recogía los pechos lo suficiente como para ir sin nada. Sintió un escalofrío al notar el aire de la noche en su piel desnuda.

Entonces miró a Zach, que tenía la vista clavada en ella, la mandíbula apretada y los ojos brillantes. Ella dejó caer el vestido al suelo y se quedó solo con unas braguitas de encaje negro, las medias y los tacones.

Entonces se descalzó con cuidado, apoyando primero un pie y después el otro en una tumbona cercana, y se quitó las medias muy despacio. Volvió a mirar a Zach. No se había movido de donde estaba y cada vez parecía más tenso, como si estuviese haciendo un enorme esfuerzo para controlarse. El bulto que había en sus pantalones se lo confirmó.

Sophie sonrió de manera seductora y se deshizo también de las braguitas de encaje.

Zach gimió al verla inclinarse sobre la mesa para recuperar la copa de champán y darle otro sorbo antes de volver a dejarla y relamerse.

—Umm, me encanta —le dijo entonces, acercándose al borde de la piscina y girándose a mirarlo—. ¿Me vas a acompañar o no?

Sin esperar una respuesta, se sumergió en la piscina con un salto perfecto y disfrutó de la sensación del agua contra su cuerpo desnudo. Acababa de llegar al otro lado cuando un chapoteo le indicó que tenía compañía. En el lugar en el que había visto a Zach por última vez había un montón de ropa y una sombra se estaba acercando rápidamente a ella por debajo del agua.

Sophie se puso en posición vertical y descubrió aliviada que tocaba el suelo, luego esperó a que Zach llegase a su lado. No tuvo que esperar mucho. Zach no tardó en abrazarla por la cintura, pegarse a su cuerpo y besarla apasionadamente.

Ella levantó las piernas y las abrazó a sus caderas, notando su erección entre ambos cuerpos.

—¿Te das cuenta de cómo me pones? —le preguntó Zach.

Luego la levantó para que sus pechos sobresaliesen del agua y hundió el rostro en ellos. Sophie se estremeció al sentir sus labios y su lengua acariciándola y lo abrazó por los hombros mientras echaba la cabeza hacia atrás y el pecho hacia delante.

Zach apartó las manos de su cintura y las pasó por su cuerpo hasta llegar a los pechos. Sophie se excitó todavía más al notar que tomaba uno de los pezones con la boca, muy caliente en comparación con la temperatura del agua. Zach jugó con los dientes y la lengua hasta que notó que Sophie se retorcía.

Ella notó la prueba de su deseo entre los muslos y se movió para acariciarla con el cuerpo. Nunca había deseado tanto a un hombre, nunca se había sentido tan en sintonía con nadie en toda su vida.

Él terminó de venerar sus pechos y la agarró del trasero para levantarla un poco más y poder liberar su erección y que dejase de estar atrapada entre ambos. Sophie se aferró a sus hombros mientras él la ayudaba a volver a bajar y, al mismo tiempo, la iba penetrando poco a poco. Ella gimió de placer y él esperó a que su cuerpo se acostumbrase a tenerlo dentro o, tal vez, a recuperar en parte el control.

–Venga, Zach –le susurró Sophie al oído, acariciándole el lóbulo de la oreja con la lengua y tomándolo después con los dientes–. Venga.

Él la agarró con más fuerza del trasero y luego se apartó ligeramente para volver a llenarla después por completo. Sophie soltó sus hombros y tomó su rostro con las manos para darle un beso en el que puso todo su deseo, sus esperanzas y sus sueños. Zach volvió a moverse y en esa ocasión la penetró un poco más. Ella se sintió como si acabase de llamar a las puertas de su alma y empezó a estremecerse de placer mientras lo apretaba con los muslos y echaba la cabeza hacia atrás.

Cuando la sensación de placer aumentó y se convirtió en la experiencia más increíble de toda su vida, gritó y notó que su cuerpo se sacudía por dentro.

Zach clavó suavemente los dientes en la curva de su cuello y profundizó todavía más la conexión, haciendo que Sophie volviese a alcanzar el clímax, en esa ocasión de manera más suave y reposada. Luego notó que él se ponía tenso y temblaba entre sus brazos, sintió que apoyaba la cabeza en su hombro y respiraba con dificultad.

Pasaron varios minutos antes de que Sophie pudiese moverse, antes de que quisiera moverse, pero al final bajó las piernas de sus caderas. Zach salió de su cuerpo y después la abrazó con fuerza.

–No consigo saciarme de ti –admitió en voz baja.

–A mí me ocurre lo mismo –le respondió ella, apoyando las manos en su pecho y notando el martilleo de su corazón en él.

También con el corazón acelerado, Sophie apoyó los pies en el suelo de la piscina y se alegró de que el agua y Zach la sujetasen, porque, de haber estado en tierra firme, estaba segura de que se habría tambaleado.

–Bueno, vamos a ducharnos y a entrar en la casa.

Zach la guió hasta las escaleras, que estaban en una esquina de la piscina, y las subieron juntos. Sophie se sorprendió al ver la ducha que había junto a la piscina, aunque enseguida se dijo que no tenía de qué sorprenderse. A Zach le gustaba solo lo mejor.

De repente, y a pesar de la audacia con la que se había comportado en los últimos días, tuvo dudas. Sabía que, prácticamente, se había lanzado a sus brazos, aunque, por otra parte, Zach le había pedido que lo acompañase esa noche al club. Entonces se preguntó qué hacía con ella un hombre al que solo le gustaba lo mejor.

Capítulo Diez

Zach sintió la distancia de Sophie casi como si hubiese sido física. Hasta entonces, habían estado en sintonía el uno con el otro, pero, de repente, Sophie se estaba alejando de él, al menos, mentalmente.

Decidido a averiguar el motivo, cerró la ducha y fue hasta el vestuario a por unos albornoces y unas toallas. Sophie lo siguió y empezó a secarse.

–Deja que te ayude –le dijo Zach.
–Da igual, puedo…
–Quiero hacerlo, Sophie.

Ella cedió y Zach terminó de secarla y la envolvió en un albornoz blanco. Después, se secó él. Recogieron las copas y el champán y la condujo a la casa.

–¿Tienes hambre? –le preguntó.
–Un poco –admitió ella, esbozando una de sus dulces sonrisas–. Hemos hecho bastante ejercicio.

A Zach le encantaba el brillo de sus mejillas cuando se ruborizaba.

La condujo a la cocina y le ofreció un taburete. Cuando estuvo sentada, rellenó ambas copas y brindó con ella.

–Por nosotros –dijo–. Y por un fin de semana estupendo.

Sophie levantó también la copa, pero guardó silencio.

–¿Qué te pasa? –le preguntó él.

La sensación que había tenido al salir de la piscina no había sido fruto de su imaginación. Era evidente que Sophie tenía algo en la cabeza. Y Zach tenía que averiguar qué era para solucionarlo y seguir adelante.

–Nada –respondió ella, dando un sorbo a su copa y sonriéndole.

Tal vez aquella sonrisa habría engañado a otro hombre que no llevase varias semanas observándola con detenimiento.

Nada más empezar a trabajar con Alex, Zach se había dado cuenta de que se sentía atraído por ella, pero había estado tan afectado por la muerte de su hijo y por su divorcio, que no se había sentido preparado para hacer nada al respecto. Con el tiempo se había dado cuenta de que Sophie Beldon lo había ayudado a volver a disfrutar de la vida en muchos aspectos.

–Te pasa algo. Estabas bien hasta hace unos minutos. ¿Es algo que te han dicho esta noche? ¿O algo que he dicho o hecho yo?

–¡No! Tú no has hecho nada, de verdad. Eres... bueno, eres perfecto –admitió, bajando la mirada.

–No tengo nada de perfecto –replicó él.

–Claro que sí. Tienes éxito y tienes una casa

increíble. Puedes tener todo lo que se puede comprar con dinero y, probablemente, incluso lo que no.

Aquello lo confundió.

–¿Y cuál es el problema?

–Que no sé qué haces conmigo, Zach. ¿Por qué yo, pudiendo haber llevado a cualquier otra al club esta noche, pudiendo haberte acostado con cualquiera?

Él tardó en responder. Atravesó la cocina, tomó media barra de pan y la cortó, y luego sacó queso de la nevera. Puso la comida en un plato y después lo dejó en la isla de granito ante la que Sophie estaba sentada y se colocó a su lado.

–¿Por qué tú? –repitió, levantando una mano para apartarle un mechón de pelo de su preocupado rostro–. Porque en el fondo sé que eres tan bonita por dentro como por fuera. Olvidas que he tenido más de un año para conocerte, que llevo más de un año sintiéndome atraído por ti. Te voy a ser sincero. Hace solo unas semanas pensaba que, si hacía lo que sentía, podía causar problemas en el trabajo y complicarme todavía más la vida, pero, cuando tú me dejaste claro que te atraía, supe que no podía seguir guardando las distancias contigo.

Extendió un poco de Brie en el pan y se lo dio. Ella guardó silencio, como si estuviese asimilando sus palabras.

Zach continuó.

–Con respecto a mi casa. No es un hogar. Es el

lugar en el que vivo, por supuesto, pero no es un hogar. Lo que normalmente hace falta para tener un hogar es una familia. Yo tuve suerte y crecí en una. Tuve la seguridad de un padre y una madre que me querían y que habrían hecho cualquier cosa para darme la oportunidad de tener éxito en la vida. Y lo tengo. He tenido éxito porque siempre he querido ser lo mejor posible. Aunque para ello he asumido riesgos. Algunos han merecido la pena, otros, no. Y así he aprendido a juzgar mejor lo que está bien y lo que está mal.

Alargó la mano y le acarició la mejilla y el labio inferior.

–Ya mezclé el placer con el trabajo en una ocasión y después me arrepentí, pero he decidido que quiero correr el riesgo de volver a hacerlo. Quiero conocerte mejor.

–Gracias –le dijo ella–. Por ser tan sincero.

–De nada –respondió él, haciendo una mueca–. ¿Quieres más queso?

–Sí, por favor. De repente, me ha entrado hambre.

La mueca se convirtió rápidamente en una sonrisa. Después de comer y de terminarse el champán, fueron al piso de arriba, a su habitación.

Zach apartó la sábana mientras Sophie se refrescaba en el cuarto de baño. Cuando salió de él, Zach se acercó a quitarle el albornoz.

–¿Tiene prisa, señor Lassiter? –le preguntó Sophie en tono de broma, alejándose de él.

–Contigo, siempre.

Y era cierto. Desde la primera vez que habían hecho el amor en su despacho, había estado en un constante estado de excitación. Necesitaba saciarse. Ni siquiera el rápido viaje que había hecho el día anterior para hablar en persona con el doctor Philmore de un posible tratamiento para Anna había hecho que menguase el deseo que sentía por Sophie.

Ella se acercó y lo agarró de las solapas del albornoz, se las separó y le acarició el pecho. Trazó el contorno de sus músculos pectorales antes de bajar hacia la cintura. Le desató el cinturón y siguió descubriendo su cuerpo con las manos.

Zach contuvo la respiración al notar que le acariciaba la erección.

–Veo que ya estás preparado para más –comentó Sophie.

–Siempre dispuesto a complacer –respondió Zach.

–En esta ocasión, quiero ser yo la que te complazca.

–Siempre lo haces, Sophie.

–Me temo que no me has entendido –le dijo ella suspirando–, pero lo harás.

Antes de que Zach pudiese hacer nada para detenerla, Sophie se puso de rodillas. Su melena le acarició los muslos y Zach se puso tenso al darse cuenta de lo que iba a hacer. Aun así, no pudo evitar gemir cuando sus labios calientes lo acariciaron. Ni cuando su lengua se paseó por la parte más sensible de su cuerpo. Sophie empezó a mover la cabeza, a profundizar la caricia cada vez más, hasta que ella misma gimió y aquello fue lo que hizo que Zach perdiese el control.

Había planeado aguantar, pero no había podido. Y el clímax lo golpeó con fuerza mientras Sophie continuaba acariciándolo con la boca, más despacio. Hasta finalmente dejarlo marchar y acariciándolo una última vez con la mano antes de volver a ponerse en pie.

Zach todavía tenía el corazón a punto de salírsele del pecho cuando la abrazó con fuerza y apoyó la barbilla en su cabeza. Sophie encajaba perfectamente entre sus brazos. ¿Cómo había podido privarse de ella durante tanto tiempo?

Al final la soltó y se sentó en la cama, llevándose a Sophie con él. Se tumbaron juntos, frente a frente.

—¿Qué he hecho para merecerte? —le preguntó Zach.

Ella sonrió.

—Eso mismo llevo toda la noche preguntándome yo.

Zach pasó un dedo por el interior de la solapa de su albornoz y disfrutó al ver que a Sophie se le ponía la carne de gallina. Se acercó más y pasó la lengua por el mismo camino.

—Yo creo que debería quitarte esto, ¿no? —le dijo, desatándole el cinturón del albornoz.

Muy despacio, pasó la lengua por el mismo lugar y luego sopló con suavidad sobre la piel húmeda de Sophie. Ella se estremeció y sus pechos subieron y bajaron con su respiración. Los pezones se le endurecieron y aumentaron de tamaño. Él siguió acariciándola suavemente con la lengua y soplando después, hasta que la vio retorcerse entre las sábanas.

–Zach, necesito más –le rogó.

–¿Tienes prisa? Pues vas a tener que ser paciente. Ahora, ¿por dónde iba?

Él también estaba sufriendo haciéndola esperar y, cuando ya no pudo resistirlo más, le quitó completamente el albornoz y la dejó desnuda.

Ella gimió y se apretó contra sus manos, que le estaban acariciando los pechos.

Zach se colocó entre sus piernas y llevó una rodilla al interior de sus muslos. Sophie estaba caliente y húmeda, y él tuvo que hacer un gran esfuerzo para no hacerla suya en ese preciso instante.

Se obligó a tomarse su tiempo y fue acariciando todo su cuerpo poco a poco. Cuando llegó al delicado valle que había entre sus muslos, se puso todavía más tenso.

–Me estás torturando, Zach –le dijo Sophie sin aliento, hundiendo los dedos en su pelo.

–Ese es el plan –le dijo él sonriendo y bajando los labios hacia su sexo.

Sophie levantó las caderas mientras la acariciaba con la lengua, volviéndola loca y haciendo que ardiese por dentro hasta llegar al orgasmo.

Sophie todavía estaba sin fuerzas cuando

Zach se colocó entre sus piernas y la penetró. Entrelazó las manos con las de ella y se las puso por encima de la cabeza y ella volvió a estremecerse.

–¿Otra vez? –preguntó, abriendo los ojos como platos.

El clímax la pilló por sorpresa y ayudó a Zach a explotar también por dentro, dejándolo sin aliento, sorprendido y muy complacido.

Sophie se despertó varias horas después. Todavía era de noche. Alargó la mano, pero no encontró a Zach en la cama, que todavía estaba caliente. Tampoco había luz en el cuarto de baño. Entonces vio que se abría la puerta del dormitorio y que Zach volvía a meterse, desnudo, en la cama.

–¿Estás bien? –le preguntó en un susurro.

–Mejor que nunca –respondió él, tomando su mano y llevándosela a los labios para darle un beso.

–Yo también –admitió ella con satisfacción–. ¿Y qué haces despierto? ¿No puedes dormir?

Zach se tumbó boca arriba y ella se acurrucó contra su pecho.

–No, no puedo dejar de pensar en Alex y preguntarme dónde demonios está y qué ha podido ocurrirle.

–Lo sé. A mí también me pasa. Esta noche todo el club estaba hablando de ello. Espero que esté bien.

–Gil me ha contado que el sheriff está trabajando con una detective de Dallas. Ella piensa que Alex Santiago no es su verdadero nombre.

Sophie se puso tensa.

–¿En serio? ¿No pensarás que puede ser cierto? A mí me cuesta creerlo. No me cuadra con la clase de hombre al que conozco y con el que he trabajado.

–Sí. Es mi amigo y me preocupa enterarme de repente de que en realidad no lo conozco, pero lo que más me preocupa es que, sea cual sea el motivo, alguien le haya hecho daño. Si no, él habría vuelto ya a Royal. Aquí tiene demasiadas cosas como para marcharse sin más y no volver.

Zach tomó aire antes de continuar.

–Por un momento, esta tarde me he enfadado al barajar la posibilidad de que sea cierto, de que nos haya engañado a todos, pero he estado dándole vueltas y no tiene sentido.

Sophie escuchó en silencio cómo Zach compartía con ella su confusión y frustración y deseó poder hacer algo para aliviar su preocupación. No parecía tener nada que ver con la desaparición de su amigo. De lo contrario, era muy buen actor. Sophie desechó aquella idea inmediatamente.

Lo que no podía quitarse de su cabeza era la posibilidad de que Alex les hubiese mentido a todos. Tenía que estar segura porque, sobre todo, era una mujer constante. Así era como había conseguido llegar a donde estaba, sobre todo, después de que Susannah se hubiese marchado. En esos momentos era una adulta y seguía siendo constante en la búsqueda de su hermana.

−¿Y si te equivocas, Zach? ¿Y si nos ha engañado? Son cosas que ocurren todo el tiempo.

Zach también podía estar engañándola en esos momentos.

−Sí, no podemos descartarlo. Por si acaso, he cambiado todas las contraseñas de las cuentas bancarias. Vamos a recibir muchas transferencias con el proyecto Manson el lunes y no puedo arriesgarme a que nadie toque los fondos de nuestros inversores.

−Vaya, yo ni siquiera lo había pensado.

Zach la abrazó con más fuerza.

−No te preocupes, estoy seguro de que no pasará nada.

Se quedaron abrazados en silencio en la oscuridad. Después de un rato, Sophie se dio cuenta de que Zach se había quedado dormido. Ella no tuvo tanta suerte, ya que no podía dejar de pensar en la conversación que habían tenido. Tal vez Alex no fuese quien había dicho que era, pero ¿quién era Zach Lassiter exactamente? No había crecido allí, en Royal. Nadie sabía nada de su pasado, del que él jamás hablaba.

Todavía era posible que tuviese algo que ver con la desaparición de Alex, por muy preocupado que pareciese. A lo mejor había encerrado a Alex en esa clínica con la que hablaba tan a menudo. Zach había cambiado las contraseñas de las cuentas bancarias. Tenía sentido si estaba realmente preocupado de que Alex accediese a las cuentas, pero ¿y si era el propio Zach el que había planeado hacer exactamente lo mismo?

A Sophie se le hizo un nudo en el estómago mientras se apartaba de Zach. Bromas aparte, ¿y si estaba durmiendo con su enemigo?

Capítulo Once

Su lógica y su instinto estaban en conflicto. El instinto le decía, una y otra vez, que Zach no podía estar implicado, que estaba realmente preocupado por su amigo. La lógica le aconsejaba que se asegurase.

Pero ¿cómo? Por el momento, lo único que había averiguado era que Zach había estado llamando a una clínica privada con frecuencia y muy recientemente. Aunque podía tratarse de un cliente. No, no era eso. Zach siempre seguía el mismo procedimiento con sus nuevos clientes y creaba un archivo personal para él en el ordenador. Además, el día anterior le había dicho que marcase aquellas llamadas como personales.

Tramaba algo. Sophie estaba segura, pero ¿qué era? ¡Su ordenador portátil! Lo llevaba a todas partes. Si podía acceder a él, podría averiguar qué estaba haciendo.

Sophie se levantó de la cama y tomó uno de los albornoces que había en el suelo. Se quedó inmóvil un momento al oír murmurar algo a Zach en sueños. Poco después volvía a respirar profundamente otra vez. Ella anduvo despacio por el suelo enmoquetado y salió de la habitación.

Se preguntó cuál sería el lugar más lógico para buscar el ordenador. No lo había visto en la cocina, pero justo al lado había un salón. Dado que el resto de la casa parecía estar poco utilizada, cruzó los dedos por que Zach utilizase aquel salón para trabajar.

Nerviosa, bajó las escaleras y fue hacia la parte trasera de la casa. Se dijo que lo más probable era que no averiguase nada que incriminase a Zach. Al menos, eso esperaba.

Agradecida de que la iluminación exterior alumbrase también dentro de la casa, Sophie atravesó el salón. En él había dos sofás, uno enfrente del otro, con una mesita de café delante, y dos sillones orejeros en un extremo, frente a la enorme televisión que había montada en una pared, encima de la chimenea. Era una habitación acogedora, incluso en la semioscuridad, pero Sophie se recordó que no estaba allí para admirar la decoración.

Sus ojos, que ya se habían adaptado a la falta de luz, recorrieron la habitación. ¡Sí! Allí estaba el ordenador, encima de la mesa. Zach lo había dejado abierto después de haber cambiado las contraseñas. Sophie se preguntó si lo había dejado en hibernación o si lo había apagado completamente. Quería hacer aquello lo más rápidamente posible. No tenía ni idea de cuánto tiempo tardaría Zach en darse cuenta de que estaba solo en la cama.

Sophie se sentó en el sofá y tocó el ratón, suspirando aliviada al darse cuenta de que la pantalla se encendía. Escribió la contraseña de Zach, que él mismo le había dado varios meses antes para que le diese unos datos en una de las raras ocasiones en las que se había olvidado el ordenador en el despacho.

Se mordió el labio inferior y se preguntó cuál sería el mejor lugar para empezar a buscar. ¿El correo electrónico o sus archivos? Se decidió por el correo, lo abrió y buscó *Clínica Philmore* en él.

Mientras lo hacía, se le ocurrió la preocupante idea de que fuese él mismo el que tenía un problema de salud. Aquello hizo que se le encogiese el pecho. Era un hombre solitario, que era cordial con todo el mundo, pero no socializaba realmente, ya que pasaba mucho tiempo trabajando.

Era probable que Alex fuese su mejor amigo, y Alex había desaparecido. ¿Habría descubierto Alex algo acerca del pasado de Zach, o incluso de su salud mental? Sophie descartó aquella posibilidad e intentó centrarse en los resultados que acababan de aparecer en la pantalla. Había varios correos enviados a y desde la Clínica Philmore. Buscó el más antiguo, que databa de poco después de que Alex hubiese desaparecido.

Abrió el correo y empezó a leerlo. Cuanto más leía, más se enfadaba. No había conseguido averiguar nada acerca de Alex Santiago, pero sí algo sobre Zach. Al parecer, y a pesar de que su familia no lo apoyaba, quería ingresar a su exmujer en una clínica psiquiátrica. ¿Qué clase de hombre le hacía eso a su ex?

Zach no supo qué lo había despertado, pero le sorprendió descubrir que estaba solo en la cama. Esperó unos minutos, pero Sophie no volvió. Todavía era de noche, así que dudó que le hubiese entrado hambre y que hubiera ido a desayunar. Se levantó de la cama, se puso unos pantalones de chándal y salió de la habitación. No había ninguna luz encendida y eso lo preocupó. ¿Habría bajado las escaleras? ¿Y si se había caído?

Buscó en el salón que había junto a la entrada principal, pero allí no había nadie. Tal vez estuviese en la cocina. Estaba allí cuando oyó un ruido en el salón. ¿Qué…?

Se detuvo en la puerta y vio que Sophie, cuyo rostro iluminaba la pantalla del ordenador, leía algo. Se puso furioso. Tenía que haber sospechado que era demasiado buena para ser real. Se preguntó qué se proponía. ¿Qué estaba buscando en su ordenador? Dio un paso al frente. Sophie estaba tan concentrada en la pantalla que no lo oyó ni lo vio. Él se acercó más, con la mirada clavada en el ordenador. Estaba leyendo su correo privado.

Se colocó justo detrás de ella y cerró el ordenador de golpe. Ella se sobresaltó y se puso en pie.

–¿Se puede saber qué estás haciendo? –inquirió Zach, intentando no gritar ni perder los nervios.

Y le costó mucho esfuerzo, porque estaba muy enfadado y se sentía traicionado. Para su gran sorpresa, en vez de poner alguna excusa, o incluso disculparse, Sophie lo fulminó con la mirada.

–No, ¿qué piensas tú que estás haciendo? Sabía que tramabas algo, lo sabía. Pensaba que tenía que ver con Alex, pero es todavía peor que eso.

–¿Peor? –preguntó Zach, aferrándose al respaldo del sofá con ambas manos para no agarrarla y zarandearla con fuerza–. ¿Qué puede ser peor que la desaparición de un amigo y respetable hombre de negocios?

–Encerrar a tu mujer en un psiquiátrico y tirar la llave, por ejemplo.

Zach se puso recto y se pasó las manos por el pelo.

–Eso es ridículo. Ni siquiera sabes de qué estás hablando.

–He leído lo suficiente como para saber que quieres quitártela de en medio. Pero olvidas que analizo el registro de llamadas. Sea cual sea el motivo, ella sigue dependiendo mucho de ti. Hasta lo mencionas en tus correos al doctor Philmore. Yo pensaba que era muy raro que hablaseis tanto por teléfono después del divorcio, pero es evidente que a ti tampoco te parece normal. Supongo que te has hartado, ¿no? ¿Por qué si no ibas a planear encerrarla? ¿No te parece un poco cruel?

—¿Cruel? —repitió él, sacudiendo la cabeza lentamente—. No tienes ni idea.

—¿Eso piensas? —replicó ella, cruzándose de brazos—. Pues lo cierto es que parece que quieres quitártela de encima. Quieres que la encierren. ¿Cómo se te ha podido ocurrir algo así?

—¿Tal vez para salvarle la vida? —contestó Zach—. Ya te he dicho que no tienes ni idea de lo que estás hablando. Anna es un peligro para ella misma. Ya ha tenido un par de intentos de suicidio desde que nuestro hijo falleció hace dos años.

—¿Vuestro hijo? —dijo Sophie sorprendida—. ¿Tienes un hijo?

—Tenía —la corrigió él—. Falleció seis semanas después de haber tenido un accidente de tráfico con su madre. Solo tenía diez meses. Anna perdió el control del coche en una carretera mojada y se empotró contra un puente.

Al decir aquello, Zach sintió que se le rompía el corazón como si hubiese ocurrido el día anterior.

—¿Y Anna? —le preguntó Sophie, dejándose caer en el sofá.

—Salió ilesa, pero sintiéndose tan culpable que jamás lo ha podido superar.

–Oh, Dios mío, eso es terrible.

–Esa noche, quería darme una lección. Quería demostrarme que no estaría esperándome cuando yo llegase tarde a casa. Que no estaba siempre a mi disposición. Nuestra relación ya iba mal antes de que se quedase embarazada de Blake, de hecho, habíamos empezado a separarnos cuando se enteró de que íbamos a tener un hijo.

Zach se sentó también y apoyó los codos en las rodillas y la cabeza en las manos.

–Habíamos discutido por teléfono y me había dicho que se marchaba –continuó–. Yo le advertí que había llovido y que las carreteras estaban peligrosas, que esperase a que yo volviese… y que hablaríamos, pero no me escuchó.

Recordó perfectamente la conversación, su llegada a la casa, vacía.

–No supe por dónde empezar a buscarla, pero no tuve que esperar mucho tiempo. La policía vino a casa unos minutos después. Anna estaba histérica, pero aquello no fue nada en comparación con su silencio cuando salió del hospital. Sus padres dijeron que era normal, que estaba dolida por Blake y por el fracaso de nuestro matrimonio, pero era mucho más que eso. Siempre había sido frágil, pero, al perder a Blake, y ser la responsable de su muerte, se rompió por dentro.

Zach respiró hondo y espiró antes de continuar.

–Han pasado casi dos años desde que Blake

murió y Anna ha estado desaparecida hace solo unos días. Yo ya me temía lo peor. Por suerte, ha vuelto, pero no quiero arriesgarme a que no lo haga la próxima vez. No quiero que sea la policía la que venga a decirnos que ha conseguido quitarse la vida. Necesita ayuda antes de que sea demasiado tarde. Y yo voy a ocuparme de que la reciba.

–Zach, lo siento. De verdad que no sé qué decir.

Sophie habló en un susurro. Todo su enfado se había disipado con lo que Zach le había contado.

Pero él seguía furioso. Había empezado a sentir algo por ella, había empezado a pensar que tal vez podía comenzar una nueva relación con ella.

–No me extraña que no sepas qué decir. Si tenías alguna duda, solo tenías que haberme preguntado. No necesitabas espiarme.

–Pensé que estabas ocultando algo relativo a Alex. Jamás se me ocurrió que pudieses estar intentando ayudar a tu mujer.

–Mi exmujer –la corrigió él.

Pero entonces se dio cuenta de lo que Sophie acababa de decir.

–¿Pensabas que tenía algo que ver con la desaparición de Alex? ¿Te has acostado conmigo pensando que podía ser responsable… tal vez incluso de la muerte de Alex? No me lo puedo creer.

Zach se levantó y sacudió la cabeza con incredulidad.

–¿Qué clase de mujer eres? Pensé que estábamos empezando algo especial, pero solo me estabas utilizando, ¿verdad?

–Zach, lo siento, no lo sabía –protestó ella, poniéndose también de pie para implorarle que la creyese.

–Pero me creías capaz de algo terrible. ¿Qué habías planeado hacer? ¿Seducirme para sacarme información?

A Sophie le ardió la cara y bajó la mirada, incapaz de mirarlo a los ojos ni un segundo más.

–Eras tan misterioso... Sé que no tenía que haber sospechado de ti, tenía que haber confiado en ti, pero cada vez que entraba en tu despacho cerrabas el ordenador o tapabas el micrófono del teléfono si estabas hablando. Así que empecé a sospechar. Y, a pesar de que todo empezó así, queriendo sacarte información, la situación ha cambiado.

–¿De verdad esperas que te crea, cuando acabo de sorprenderte leyendo mi correo electrónico privado? Lo siento, pero no puedo. Además, ¿no crees que ya me ha interrogado bastante la policía? Debiste de pensar que sabías más que nadie, para creer que era culpable de haber hecho una estupidez.

–Lo siento, Zach. Por favor, perdóname. Ya te he dicho que no tenía que haber sospechado de ti. Lo que estás intentando hacer por Anna te honra. Tú eres un hombre noble, amable y bueno. Lo sé. Lo he sabido siempre, pero no podía evitar tener dudas. Yo sí que he sido una idiota.

–¿Y si hubieses tenido razón, Sophie? ¿Y si hubiese sido la clase de tipo dispuesto a eliminar a otro? ¿No crees que, si tenías dudas, debías haber acudido a la policía, y no haberte embarcado en una imprudente investigación personal? ¿No se te ocurrió que podías estar poniéndote a ti misma en peligro?

–Por favor, Zach, dame, danos, otra oportunidad.

Sophie tenía los ojos brillantes. Estaba a punto de llorar porque estaba arrepentida, Zach estaba seguro, pero no podía perdonarla. Lo que le dolía no era que hubiese pensado que podía ser el responsable de la desaparición de otro hombre, de un hombre que no solo era su amigo y socio, sino también el jefe de ella.

–La primera vez que hicimos el amor me dijiste que podía confiar en ti. Yo te creí y ahora me has demostrado que no debí hacerlo. Vístete, te llamaré un taxi –le dijo en tono inexpresivo.

Sophie dio un paso hacia él con la mano alargada como si quisiera tocarlo, pero Zach retrocedió, evitándola.

–No –le advirtió–. En estos momentos, no puedo estar en la misma habitación que tú. Márchate...

Capítulo Doce

Sophie entró en su apartamento justo cuando el sol empezaba a asomar su rostro dorado en el horizonte. Era el comienzo de un nuevo día, pero ella se sentía como si fuese el fin del mundo. Había traicionado a Zach de la peor manera posible.

Su apartamento estaba igual que siempre, pero Sophie supo sin ninguna duda que ella había cambiado por dentro. Lo había estropeado todo. Ella, que era siempre tan cuidadosa, tan considerada, había arruinado su oportunidad de ser feliz con un hombre maravilloso. Una cosa era tramar un plan con Mia mientras comían y, otra muy distinta, llevarlo a cabo.

Entró en el dormitorio y apartó la sábana de la cama antes de deshacer metódicamente la bolsa de viaje y guardarlo todo en su sitio salvo el vestido, que llevaría a la tintorería. Por una vez no pudo refugiarse en actividades mundanas, se sentía como si su corazón se estuviese rompiendo en dos.

Sacó unos pantalones del pijama y se metió en la cama, cubriéndose con la sábana para tapar la luz del día. En esos momentos no quería enfrentarse al mundo, ni a nada ni a nadie en él. Había cometido el que probablemente era el peor error de toda su vida.

Era media tarde cuando se despertó con un sabor amargo en la boca y el pecho encogido por las ganas de llorar desconsoladamente. Se lavó los dientes en el cuarto de baño, fue a la cocina y se sirvió un vaso de agua antes de sentarse hecha un ovillo en el sofá y clavar la mirada en la pantalla de la televisión, que estaba apagada.

Por mucho que le diese vueltas al tema, se había equivocado. Zach había sido justo, bueno y profesional en todo momento. Ella había propiciado el beso que se habían dado la primera noche, después de cenar en Claire's, no él. Ella lo había provocado y había coqueteado con él en el despacho los días siguientes. Ella había dado el primer paso para hacer el amor con él y vivir la experiencia más increíble de toda su vida. Y sabía muy bien por qué le había parecido tan especial, porque, en algún momento, se había enamorado perdidamente de Zach Lassiter. Y ella sola había destruido ese amor con sus tontas sospechas y con su comportamiento irresponsable.

Se llevó una mano a la cara y se tapó la boca para contener un grito de dolor que le surgía de dentro.

Toda la vida había sido la que arreglaba las cosas, la que lo hacía todo bien y asumía las cargas de los demás, organizándolo todo, pero en esa ocasión había hecho todo lo contrario. Le había hecho daño a Zach, y había traicionado su confianza.

¿Cómo podía arreglarlo? ¿Podía hacer algo? Lo dudaba. Un hombre como Zach no se comprometía con facilidad, sobre todo, teniendo una vida tan complicada. El hecho de que se estuviese esforzando tanto en evitar que su exmujer se hiciese daño e hiciese daño a su familia, decía mucho de la persona que era.

En el fondo, Sophie siempre había sabido que era esa clase de hombre. Entonces, ¿por qué había pensado que podía ocultar algo siniestro?

Le debía una disculpa. Sabía que Zach no estaría de humor para aceptarla, pero tendrían que seguir trabajando juntos hasta que se resolviese el misterio de Alex. Si podía demostrarle que aceptaba que se había equivocado y que podía compensarlo de alguna manera, que trabajaría más y mejor que nunca, tal vez entonces, solo tal vez, Zach considerase la posibilidad de darle otra oportunidad.

Antes de que pudiese cambiar de opinión, Sophie tomó el teléfono y llamó a Zach. Él respondió al quinto tono y ella no pudo evitar preguntarse si habría estado debatiéndose entre contestar o dejar que saltase el contestador. Antes de que él dijese nada, Sophie empezó a hablar.

–Zach, por favor, escúchame. Sé que es probable que en estos momentos no quieras hablar conmigo...

—Tienes razón. ¿Qué quieres, Sophie? —respondió él con cautela.

—Yo...

De repente, se quedó en blanco. Se hizo un silencio y Sophie tuvo que hacer un esfuerzo enorme por llenarlo.

—Zach, ¿todavía tengo trabajo?

—Buena pregunta —le dijo él—. Has traicionado mi confianza. Si estuvieses en mi lugar, ¿continuarías trabajando con alguien así?

Sophie frunció el ceño. No supo qué pensar de su tono de voz. Aquel no era el jefe para el que había trabajado durante las últimas semanas, ni tampoco el amante que la había llenado en los últimos días. No pudo evitar gemir. Lo había estropeado todo.

—No, supongo que no. A no ser que tuviese una buena razón para hacerlo, pero, Zach, nosotros tenemos un buen motivo para seguir trabajando juntos. No te puedes quedar solo al frente de todo, no saldrías adelante ni aunque buscases a alguien para sustituirme y lo encontrases rápidamente.

Lo oyó suspirar al otro lado del teléfono y continuó:

—Sé que te he decepcionado, Zach, y no sabes cuánto me arrepiento, pero no puedo dejarte tirado en el trabajo. No ahora. Por favor, al menos dame otra oportunidad en este aspecto.

—Está bien, pero un paso en falso y...
—No lo lamentarás, Zach. Te lo prometo.
Él dejó escapar una risotada irónica antes de hablar.
—Ya lo estoy lamentando —replicó en tono frío.
Sophie se sentó en el suelo con el teléfono todavía en la mano. Había querido saber cuál era su situación y ya lo sabía.

A la mañana siguiente, Sophie tuvo que hacer un gran esfuerzo para ir a trabajar. Levantarse temprano no fue el problema, casi no había pegado ojo en toda la noche. No, era tener que ver recriminación en la mirada de Zach lo que no podía soportar. No obstante, tendría que hacerlo. Ella, que sabía mejor que nadie lo importante que era enfrentarse a las cosas, poner un pie delante del otro para avanzar, día tras día, semana tras semana. Hasta alcanzar la normalidad. ¿No era así como habían superado su madre y ella la falta de Susannah?

En algún momento de la noche había trazado un plan para poder sobrevivir al día siguiente y, si tenía éxito, la ayudaría a pasar también el siguiente y el siguiente.

—Vamos —se animó a sí misma al salir del apartamento e ir hasta el coche, que estaba aparcado al otro lado del edificio.

Cuando llegó al trabajo ya casi se había convencido a sí misma de que podía hacer aquello.

Hasta que vio el todoterreno de Zach. Las palmas de las manos empezaron a sudarle y tuvo que hacer un esfuerzo por respirar con normalidad. Todo habría sido mucho más sencillo si ella hubiese sido la primera en llegar.

–Tú puedes –se dijo, mirándose en el espejo retrovisor antes de salir del coche y dirigirse hacia el ascensor.

Las oficinas principales todavía estaban vacías y, a pesar de que nadie sabía lo que había ocurrido, Sophie se sintió aliviada. Sabía que tenía un aspecto horrible. Llevaba dos noches casi sin dormir. Dos noches muy distintas, se dijo mientras intentaba poner expresión tranquila y entraba en su zona de despachos.

El de Zach tenía la puerta cerrada y se oían voces dentro. Sophie estaba guardando el bolso cuando se abrió la puerta y Zach y una pareja salieron de allí. Dentro había sentada otra mujer. Zach cerró la puerta tras él y le dio la mano al hombre, luego se inclinó a besar a la mujer en la mejilla, que le dio un abrazo, sollozando, antes de agarrar a su marido del brazo y marcharse de allí.

Zach parecía muy tenso. No parecía haber dormido mucho más que Sophie.

Volvió al despacho y cerró la puerta otra vez.

Sophie pensó que la mujer que se había marchado le resultaba vagamente familiar. Se preguntó si debía ofrecerles a Zach y a la persona que quedaba en el despacho un café. Supuso que, si tenía que romper el hielo, sería mucho más fácil hacerlo contando con la presencia de alguien más.

–Buenos días –dijo con toda la fluidez que pudo–. Me preguntaba si querrían tomar un café o un té. O tal vez agua.

–Café, gracias –respondió Zach en tono frío–. ¿Anna?

Sophie sintió que se le hacía un nudo en el estómago. ¿Aquella era la exmujer de Zach? No sabía si estaba preparada para aquello. Tenía delante a la mujer con la que se había casado, la mujer que le había dado un hijo. La mujer que lo necesitaba tanto que Zach había movido cielo y tierra para hacer todo lo posible para ayudarla.

–Agua, gracias –respondió Anna con voz temblorosa, como si estuviese llorando.

Sophie se giró hacia ella con una sonrisa.

–Por supuesto, ahora…

De repente, se le detuvo el corazón en el pecho. Sintió que se asfixiaba, pero salió del despacho y cerró la puerta detrás de ella.

Ya sabía por qué la mujer que acababa de marcharse le resultaba vagamente familiar. La última vez que la había visto había sido veintidós años antes. El día que su hermana se había marchado del pequeño apartamento alquilado en el que había vivido con Sophie y su madre. El día en que Sophie, con la inocencia de sus seis años, había creído que su hermana de cuatro años se marchaba de vacaciones con su tía paterna.

¿De vacaciones? Había sido toda una vida. Sophie no había entendido hasta mucho más tarde por qué su madre había llorado tanto si Suzie iba a volver pronto.

Su madre había tardado varias semanas en contarle la verdad. Para entonces, su madre se había convertido en una mujer frágil, encerrada en sí misma, todavía peor que después de haber enterrado a su segundo marido. Era como si, sin Suzie, su mundo se hubiese quedado sin luz.

Y había sido Sophie la que había tenido que intentar recuperar su vida anterior. Una vida sencilla, sin lujos, pero con amor. Con seis años, había decidido demostrarle a su madre que todo iría bien, que todavía se tenían la una a la otra, que podían vivir con el vacío que Suzie había dejado en sus vidas.

Suzie. Anna Lassiter era Suzie.

Había crecido, había cambiado, hasta de nombre, pero Sophie habría reconocido a su hermana pequeña en cualquier parte. De repente, se sintió esperanzada, pero la sensación desapareció como había llegado al darse cuenta de quién era Suzie en esos momentos.

La exmujer de Zach. Una exmujer con la que él seguía hablando casi a diario y por la que todavía sentía la obligación de estar ahí. Y, si lo que Zach le había contado era verdad, Anna necesitaba ayuda desesperadamente.

Sophie empujó la puerta y fue a la cocina. Preparó el café de Zach y un vaso de agua con hielo para Anna, a la que le puso una rodaja de limón. Colocó ambas bebidas en una pequeña bandeja y cerró los ojos un instante, respirando hondo para tranquilizarse antes de volver al despacho de Zach, llamar a la puerta y entrar.

Contuvo las ganas de decirle algo a su hermana, de pedirle que la mirase a los ojos. Le tembló la mano ligeramente al dejar el vaso de agua en una esquina del escritorio de Zach, cerca de donde Anna estaba sentada. Y aprovechó la oportunidad para estudiar a la mujer en la que Suzie se había convertido.

Le rompió el corazón ver a aquella mujer ligeramente encorvada en la silla, con el pelo rubio largo y ralo. Le hacía falta un buen champú y un corte. Estaba demasiado delgada y la ropa le quedaba grande. Sophie deseó abrazarla y asegurarle que todo iría bien, pero no tenía ningún derecho a hacerlo.

Suzie había desaparecido. La que estaba allí, sentada en el despacho de Zach, era Anna. Anna, que había crecido teniendo otra vida, en otro mundo, que había tenido un marido y un hijo, un hijo al que había perdido. Sophie se dio cuenta de lo que su hermana debía de haber sufrido y, en ese momento, le dolió a ella también.

−¿Sophie?

La voz de Zach hizo que se concentrase en su tarea.

–Lo siento. Aquí está tu café. ¿Vas a necesitar algo más?

Lo miró a los ojos por primera vez desde que él la había echado de su casa, de su cama. Esperó ver algo en ellos, un brillo, una chispa, pero su mirada era inescrutable, estaba vacía de todo sentimiento, al menos, por ella.

–No, gracias. Anna y yo no tardaremos en marcharnos. No creo que vuelva al trabajo en todo el día y me gustaría que te ocupases de mis llamadas.

–Por supuesto –le contestó ella, refugiándose en la persona que había sido.

En la ayudante ejecutiva altamente eficiente, que jamás se equivocaba. En la que había traicionado a su jefe al sospechar de él. En la que se había enamorado perdidamente de él.

–Encantada de conocerla, señora Lassiter.

La otra mujer ni siquiera la miró y siguió con la cabeza agachada, los ojos puestos en sus manos y las mejillas llenas de lágrimas.

Sophie recogió la bandeja vacía y salió del despacho a pesar de que el corazón le latía con tal fuerza que le sorprendió que Zach y Anna no lo oyeran. En la cocina, se agachó a guardar la bandeja en su armario y después se incorporó y se quedó inmóvil, como si no supiese qué hacer después.

Lo cierto era que no lo sabía. Llevaba mucho tiempo deseando encontrar a su hermana, pero después de descubrir quién era, no podía compartir la verdad con la pobre mujer que había en el despacho de Zach.

Al menos Suzie, no, Anna, se corrigió, tenía a Zach de su parte. Eso la consoló a pesar de las ganas que tenía de llorar. El hecho de que Anna estuviese allí, de que Zach hubiese pasado tanto tiempo en el último mes intentando encontrar ayuda, y que, al parecer, hubiese convencido a sus padres, sus padres adoptivos, de que lo apoyasen en el internamiento de Anna, decía mucho de lo que todavía debía de seguir queriéndola.

Y Sophie se alegró y sintió que se le volvía a romper el corazón al mismo tiempo. Se alegraba porque, con un poco de suerte, su hermana tendría la oportunidad de aceptar su dolor y querer seguir viviendo al mismo tiempo. Y se le rompía el corazón porque acababa de darse cuenta de que, por mucho que ella quisiese a Zach, y por mucho que él pudiese terminar perdonándola, no era para ella.

Nunca lo había sido y nunca lo sería, porque todavía quería a Anna y ella lo necesitaba demasiado.

Sophie no vio la luz al final del túnel. No tenía ninguna esperanza. Aunque Zach la perdonase, ella jamás podría hacerle aquello a su hermana pequeña.

Anna necesitaba ayuda. Y esa ayuda empezaría con Zach y con el médico con el que él había hablado de la Clínica Philmore, y tal vez algún día pudiese terminar con Sophie. Ella no había podido ayudar a su hermana hasta entonces, pero tenía que haber algo que pudiese hacer por ella, aunque eso significase renunciar al hombre al que amaba con todo su corazón.

Capítulo Trece

Después de las visitas a la Clínica Philmore, Zach se sumergió en el trabajo. Tenía que haber sido la panacea, pero ¿cómo iba a funcionar si tenía que ver todos los días a la mujer con la que soñaba a todas horas, tanto dormido como despierto?

No había sabido cómo iba a actuar Sophie el lunes, pero ella se había comportado con su habitual profesionalidad. Había ido vestida de manera recatada, aunque, conociéndola como la conocía, Zach no necesitaba que fuese sexy para desearla. Y ojalá hubiese sido solo eso, pero lo cierto era que lo que había empezado a surgir entre ambos era mucho más que un deseo físico. O eso había pensado él antes de descubrir que Sophie había sospechado cosas terribles de él. Y a pesar de que ella guardaba las distancias en el trabajo, era evidente que Zach todavía tenía sentimientos hacia ella.

Lo único bueno de la semana y media anterior era que Anna por fin había accedido, con el visto bueno de sus padres, a ingresar en la Clínica Philmore y estaba participando de manera activa en la rehabilitación. Aun así, no podía evitar que lo invadiese el miedo cada vez que oía el teléfono. ¿Y si Anna decidía marcharse? ¿Y si decidía que no necesitaba el tratamiento o quería marcharse antes de que este hubiese terminado? Al fin y al cabo, la decisión era suya y solo suya.

Zach esperaba que, con el paso de los días, Anna se diese cuenta del bien que le hacía estar en la clínica y que encontrase la fuerza de volver a ser la mujer que había sido.

Por otra parte, en el trabajo, la tensión era palpable. Era comprensible, dadas las circunstancias, pero eso no significaba que fuese menos incómodo. Sophie era la profesionalidad personificada, pero, no obstante, él se sentía tenso en su presencia y no podía dejar de pensar en los momentos que habían pasado juntos. A eso había que añadir que la policía les había confirmado que seguían sin tener ninguna pista acerca del paradero de Alex. Algunos de sus clientes habían empezado a ponerse nerviosos y Zach había tenido que pasar mucho tiempo intentando tranquilizarlos para que no se llevasen sus inversiones a otra parte. Sin embargo, no lo había conseguido al cien por cien y eso lo exasperaba.

Cuando llegó a casa, casi al final de la semana, estaba mentalmente agotado y solo quería tomarse un whisky con hielo y ver una buena película, pero esa noche había una reunión en el Club de Ganaderos de Texas y se contaba con su presencia por primera vez. Solo esperaba que la reunión no durase más de lo necesario. Al fin y al cabo, según el orden del día que le habían mandado por correo electrónico unos días antes, solo iban a hablar de la contratación de un director de la guardería que se acababa de construir.

Muy a su pesar, la reunión se alargó.

–Sigo opinando que es indignante que estemos pensando en contratar a un director para la guardería –dijo Beau Hacket, con el rostro colorado, levantando la voz–. Me parece que es desperdiciar los fondos del club. ¿Por qué no lo solucionamos pidiendo voluntarios entre los padres?

–Beau –le dijo Brad Price, exdirector del club–, deja de protestar por algo que ya está decidido. Se va a abrir la guardería, te guste o no, y va a ser un centro autorizado y con una persona profesional al frente.

–Pues a mí no me parece bien, y no me importa que todo el mundo lo sepa –replicó el otro hombre.

–Ya nos hemos enterado –dijo una voz al fondo de la sala.

Zach no supo a quién pertenecía, pero causó risas apagadas, lo que sugirió que había varias personas que estaban de acuerdo.

Otro miembro se puso en pie.

–Yo sigo sin entender que hayamos organizado una reunión para esto.

–Lo mismo digo yo –insistió Beau–. ¿Qué más da quién lleve la maldita guardería? Va a ser solo un servicio para mujeres que lo que deberían hacer es estar en su casa, cuidando de sus hijos.

Zach se dio cuenta de que la mujer de Brad, Abigail, empezaba a cansarse de aquel tipo de comentarios. Hasta entonces, se había contenido para no discutir, pero era evidente que no podía más.

–Espera un momento… –dijo enfadada, mientras su marido golpeaba la mesa con el mazo.

Zach se puso en pie y levantó la mano. Todo el mundo lo miró, unos con curiosidad por lo que iba a decir, otros deseando que fuese a poner fin a la reunión.

–Yo pienso que debemos tratar este tema más despacio. Lo que se ha propuesto es mucho más que un lugar en el que dejar a los niños un rato, ¿no? –preguntó, mirando a su alrededor y dándose cuenta claramente de quién estaba de su parte y quién no.

Así que continuó:

–Estamos hablando de una guardería de verdad. En la que dejar a vuestros hijos. Y a vuestros nietos. No va a ser solo un lugar en el que colocar a los niños mientras vuestras esposas juegan al tenis, sino un lugar en el que vuestros hijos y nietos aprendan a ser personas de bien, en el que aprendan a socializar e interactuar con otros niños y con sus cuidadores en un entorno seguro, feliz y sano. Donde puedan aprender y crecer, dando a sus padres tiempo para trabajar y ser las personas que son en Royal. Para mí, es evidente que hace falta nombrar a un director cualificado.

Se giró y miró directamente a Beau Hacket. Sabía que tenía que ganárselo si no quería que hubiese más problemas.

–Señor Hacket, su hija ha traído trabajo y dinero al pueblo. Ahora, está esperando gemelas, me han dicho. ¿Piensa que Lila debería dejar a un lado su trabajo, del que estoy seguro que usted está orgulloso, para ocuparse de las niñas porque no hay un lugar adecuado para dejarlas? ¿No se merecen sus nietas lo mejor?

–Por supuesto que sí –refunfuñó Beau–, pero por eso mismo tendría que cuidarlas su madre, en casa.

–Pero, ¿y si eso no es lo mejor para Lila? ¿Y si su trabajo es importante, vital, para que sea feliz? ¿No le parece que poder dejar a sus hijas en una buena guardería sería lo mejor para todo el mundo? ¿No se da cuenta de lo importante que es que nombremos al mejor director posible? Para nuestros hijos y nuestros nietos.

–Tiene razón, Beau. No queremos que cualquiera se ocupe de nuestros nietos –comentó el hombre que lo había apoyado unos minutos antes.

Zach se dio cuenta de que había conseguido calmar el ambiente.

–¿Y a ti por qué te gusta tanto la idea, Lassiter? Si ni siquiera estás casado –preguntó alguien desde el fondo de la habitación.

–No estoy casado, pero me gustaría casarme y formar una familia algún día.

«Otra vez», pensó.

–Y me gustaría que mi esposa y yo tuviésemos la posibilidad de dejar a nuestros hijos en un lugar seguro, en el que aprendiesen. Me gustaría que fuese aquí, en una guardería que comparta los valores que tenemos en el club.

Zach volvió a sentarse, satisfecho con sus palabras. La discusión continuó a su alrededor y varias personas le dieron una palmadita en el hombro o le susurraron:

–Bien hecho.

Y él empezó a sentirse aceptado en el club. A pesar de que nadie había sido antipático con él, en esos momentos tuvo la sensación de formar parte de aquel lugar. Cuando la reunión hubo terminado se acercó a él Sam Gordon, el prometido de Lila Hacket.

–Bien dicho, Lassiter. Me has dado en qué pensar. ¿Puedo invitarte a una copa en el bar?

–Por supuesto, muchas gracias, y puedes llamarme Zach –respondió él, dándole la mano al otro hombre–. ¿Ya tenéis todo preparado para la boda?

Sam y Lila se casaban ese próximo fin de semana.

–Yo no he organizado nada, ni pienso hacerlo, pero me alegro de que Lila quiera casarse conmigo –comentó el otro hombre.

Cuando Zach volvió a casa esa noche, Sam Gordon no había sido el único en querer invitarle a una copa. De hecho, si las hubiese aceptado todas, en esos momentos habría estado completamente borracho y volviendo a casa en taxi. Como no tenía sueño, fue al salón, se dejó caer en un sofá y se aflojó la corbata. Al final, había sido un buen día.

Tomó el mando a distancia de la televisión y empezó a cambiar de canal, pero no le apeteció ver nada. Así que puso la televisión en silencio y se quedó allí sentado.

Normalmente, no le importaba estar solo. De hecho, disfrutaba de la soledad al final de un duro día de trabajo. Volvió a pensar en la reunión, en cómo los demás miembros lo habían escuchado y le habían dejado hablar, y se dio cuenta de que le había gustado mucho sentirse aceptado.

Zach no solía darles muchas vueltas a sus sentimientos, pero esa noche no pudo dejar de pensar en dos cosas o, más bien, en dos personas en particular. Sabía que Alex habría estado orgulloso de él esa noche. Aunque nunca había hablado con su amigo de la guardería, ya que ambos hacían vida de solteros, tenía la sensación de que Alex era un hombre familiar, que querría lo mejor para cualquier niño.

Echaba mucho de menos a su amigo. Echaba

de menos charlar con él al final de la tarde y tomarse una cerveza juntos, en el despacho, después de que todo el mundo se hubiese marchado a casa.

—¿Dónde estás, amigo? —preguntó en voz alta, deseando tener pronto una respuesta.

La única persona del mundo que podía entender lo mucho que echaba de menos a su amigo era Sophie. Se le encogió el pecho al pensar en ella y se dio cuenta de que, a pesar de verla todos los días en el trabajo, la echaba de menos y echaba de menos lo que habían empezado a compartir.

Dos personas ausentes de su vida y cuya vuelta lo harían feliz.

¿Podía arreglar las cosas con Sophie? ¿De verdad quería intentarlo? Sopesó las ventajas y los inconvenientes y pensó en lo mucho que le había dolido verla allí, en su salón, leyendo sus correos electrónicos. Se enfadó solo de recordarlo. Sophie se había burlado de él, lo había utilizado.

Había pensado que sentía algo por él, lo mismo que él por ella. Después de lo ocurrido con Anna, no había querido comenzar otra relación, pero después de haberse lanzado con Sophie, había decidido dejarse llevar.

Zach se preguntó en ese momento, por primera vez, qué habría hecho él si hubiese sospechado que Sophie tenía información acerca de Alex.

Habría hecho todo lo posible por averiguarlo.

La respuesta retumbó en su mente. En realidad, Sophie había hecho más o menos lo que él habría hecho en la misma situación. El único problema era que Sophie había descubierto cosas acerca de su vida privada que él habría preferido mantener en secreto, por respeto a Anna y a sus padres.

¿Por qué le había preocupado tanto su intimidad? Sophie siempre había demostrado ser una persona discreta. Incluso en esos momentos, y después de lo que había ocurrido entre ellos, había mantenido las formas. Se comportaba como si no hubiese ocurrido nada entre ellos. Como si jamás hubiesen tenido el sexo más salvaje de toda su vida encima de su escritorio.

Volvió a sentir deseo. La echaba de menos. Echaba de menos lo que habían empezado a compartir y lo que habrían continuado compartiendo si él no la hubiese sorprendido mirando su ordenador aquella noche. Si él hubiese mantenido la calma después y no la hubiese echado de su vida para siempre…

Se dio cuenta de que se había enfadado tanto porque había sentido que Sophie violaba su intimidad. Manteniendo a Anna y sus problemas aislados lo que había hecho era no enfrentarse abiertamente a ellos, ni a su dolor.

Zach se levantó y se sacó la cartera del bolsillo trasero del pantalón. Allí, metida en una funda de plástico, tenía una fotografía de Blake, tomada poco antes del accidente. Un accidente del que él también se sentía culpable. Si él hubiese sido un buen marido para Anna, y un padre decente, habría estado en casa esa noche, en vez de trabajando.

¿Qué había conseguido trabajando tanto? Después del accidente, lo poco que había quedado de su matrimonio se había desintegrado. Zach había dimitido de su puesto en la empresa del padre de Anna y pronto había empezado a ganarse la fama de asumir riesgos rentables. Esa fama había llamado la atención de Alex Santiago, con el que había terminado asociándose y del que se había hecho amigo.

Dejó de pensar en su amigo ausente y volvió a concentrarse en la mujer con la que ambos trabajaban. La mujer que estaba tan preocupada por Alex como él mismo. La mujer dispuesta a hacer cualquier cosa para encontrarlo. ¿Podía perdonarla por no haber confiado en él y por no haberse atrevido a compartir sus preocupaciones?

Por supuesto que podía. Sophie era una buena persona, de la cabeza a los pies. Una persona de las que había pocas en el mundo.

¿Podía perdonar a Sophie por lo que había hecho? Claro que podía. De hecho, ¿cómo no iba a perdonarla siendo consciente de que él habría hecho lo mismo para averiguar información acerca del paradero de su amigo?

Sophie estaba sufriendo con todo aquello tanto como él. En los últimos días, había visto dolor y arrepentimiento en sus bonitos ojos marrones. Y él quería aliviarlos.

Quería a Sophie Beldon.

Capítulo Catorce

Lo único bueno que tenía llegar al final de aquella interminable semana, pensó Sophie, era que estaba deseando ir a la boda de Lila y Sam el fin de semana. Le sorprendía y admiraba que Lila y su madre hubiesen sido capaces de organizarlo todo en tan solo tres semanas. Aunque iba a ser una boda íntima y la iban a celebrar en el rancho familiar, el Double H.

No habrían podido encontrar un entorno mejor. Dijese lo que dijese la gente acerca de Beau Hacket y por conservadoras que fuesen sus ideas con respecto al papel de la mujer en el mundo, había trabajado muy duro para dar un hogar a su familia.

Sophie dejó de pensar en la boda y se concentró en el informe que estaba terminando para Zach. Casi no lo había visto en todo el día, pero un repentino nudo en el estómago le anunció que no tardaría en hacerlo.

Zach había vuelto a ir a la Clínica Philmore. Ella estaba deseando preguntarle por Anna, pero dada la tensión que había entre ambos, no tenía ni idea de cómo empezar. Había llamado a la clínica, pero no había conseguido obtener ninguna información. También se había planteado llamar a la tía de Anna, pero no sabía si también se habría cambiado de nombre y, por ese y otros motivos, había decidido investigar al detective privado que había contratado. ¿Cómo era posible que no hubiese averiguado que la tía de Anna había vuelto a casarse y había cambiado de nombre?

No obstante, había conseguido encontrar a su hermana.

Su madre se había puesto como loca de alegría cuando la había llamado para contárselo, pero también se había sentido decepcionada cuando le había explicado cómo estaba su hermana en esos momentos. Sophie había sopesado la posibilidad de no hablarle a su madre del estado mental en el que se encontraba su hermana, por si se sentía culpable por haber dejado que fuese a vivir con su tía, pero su madre había resultado ser mucho más fuerte de lo que ella había pensado. En esos momentos, iba con Jim hacia Royal y habían cancelado sus vacaciones. Sophie necesitaba su apoyo, pero por el momento tendría que aguantar sola.

Levantó la vista al oír llegar a Zach.

–¿Algún mensaje? –preguntó él.

–Ninguno. Supongo que todo el mundo se está preparando para la boda de mañana.

–Con respecto a eso, ¿puedes llevar un acompañante?

–Sí –respondió Sophie con cautela.

¿Por qué le había preguntado eso? Sabía que Zach tenía su propia invitación.

–¿Y? ¿Vas a llevar a alguien?

–No, voy a ir sola –respondió ella, poniéndose tensa.

–Yo creo que es una tontería que llevemos dos coches. ¿Por qué no te paso a recoger sobre las tres y vamos juntos?

Ella no respondió, se quedó en silencio.

–¿Qué ocurre? –le preguntó Zach–. ¿No te parece buena idea?

–Es solo que estoy confundida. Sobre todo, después...

–Te recogeré a las tres –repitió él–. Ahora, si no hay nada urgente que hacer, creo que podemos marcharnos los dos.

Sophie no necesitó que se lo dijesen dos veces. Tenía cita en Saint Tropez, el salón de belleza del pueblo, para el día siguiente a primera hora. Ella, y la mitad de las invitadas a la boda, había pensado cuando le habían dado la cita tan temprano. No obstante, en esos momentos se alegraba de haberla aceptado. Si iba a tener que pasar parte del día en compañía de Zach, se sentiría mejor con el pelo, el maquillaje y las uñas perfectos.

A Sophie se le llenaron los ojos de lágrimas al ver a Lila y a Sam juntos. Habían decidido pasar de la ceremonia tradicional y habían preferido llegar juntos. Hicieron los votos de manera breve y sencilla, emocionados, mirándose a los ojos.

Cuando los novios se besaron, los invitados los felicitaron, silbaron y aplaudieron. Por fin convertidos en marido y mujer, Lila y Sam se giraron hacia sus amigos y familiares haciendo gala de su felicidad.

Mientras Sophie le deseaba todo lo mejor a su amiga, no pudo evitar sentir que sus vidas se separaban. Lila estaba casada, pronto sería madre y tenía éxito en el trabajo. Antes, Sophie nunca se había sentido diferente al resto de sus amigas casadas, pero aquel día en particular se sintió mal. Seguía tan cerca de formar su propia familia como cinco años antes. Era la realidad, por dolorosa que fuese. Sobre todo, teniendo tan cerca al hombre al que amaba con todo su corazón y al que jamás podría tener.

Sophie notó que la agarraban suavemente del brazo.

—Toma —le dijo Zach en voz baja.

A ella le sorprendió que le ofreciese un inmaculado pañuelo blanco. Se llevó una mano a la mejilla y se dio cuenta de que tenía el rostro mojado por las lágrimas.

—Gracias —le dijo con voz ronca, secándose con cuidado los ojos y las mejillas.

—Ha sido una ceremonia preciosa —respondió él sin más.

—Sí. Perfecta —admitió Sophie con un nudo en la garganta—. Discúlpame.

No podía soportarlo ni un minuto más, necesitaba estar sola. Sin esperar a que Zach le respondiese, se dio la vuelta y avanzó entre los invitados para ir a uno de los cuartos de baño de la casa. Una vez dentro, cerró la puerta y se apoyó en ella con los ojos cerrados.

«Tranquilízate», se dijo a sí misma. «Te alegras por Sam y por Lila, de que hayan sido capaces de convertir su atracción en una apuesta de futuro juntos». Era cierto, se alegraba por ellos, pero, al mismo tiempo, estaba muy triste.

Abrió el grifo del agua fría y se lavó las manos. Dejó que el agua corriese por sus muñecas y empezó a calmarse y a controlar sus emociones.

Lo había estropeado todo con Zach. Había abusado de su confianza y lo había estropeado todo, pero lo superaría. No había nada que la retuviese en Royal. Su madre estaba felizmente casada y disfrutando de su jubilación, viajando en su caravana por todo el país. Decidió que se mudaría, encontraría otro trabajo en otra parte. Tal vez en Midland. Aunque ni siquiera tenía que quedarse en el condado de Maverick. Podría ir más lejos, a Dallas o a Houston, o incluso a otro estado. Tenía dinero ahorrado y experiencia laboral, así que podría empezar de cero en otro sitio.

Pero ¿y Anna? ¿Quería alejarse de ella cuando por fin la había encontrado?

Sophie se miró en el espejo. ¿Podía hacerlo? Era la hermana a la que durante tanto tiempo había estado buscando. La hermana a la que había echado de menos durante los últimos veintidós años.

No. No podía marcharse. Aunque todavía no pudiese decirle a Anna quién era, lo haría cuando se recuperase. Iba a tener que ser fuerte y aguantar. Además, tampoco podía dejar tirado a Alex, estuviese donde estuviese.

Así que abrió su bolso y sacó el pintalabios y el colorete. No iba a poder arreglarse el maquillaje de los ojos, pero por suerte la recepción era en el exterior y tenía las gafas de sol. Hizo lo que pudo para que no se notase que había llorado, puso los hombros rectos y se miró a los ojos a través del espejo.

—Puedes hacerlo —se dijo con firmeza—. Eres fuerte, inteligente, y puedes controlar la situación. Sobrevivirás.

Vio el pañuelo de Zach encima del tocador y se lo metió en el bolso. Seguro que él quería que se lo devolviese limpio, así que lo lavaría y se lo devolvería el lunes.

Después volvió a mirarse al espejo, abrió la puerta y al salir chocó con el último hombre de la Tierra al que habría esperado encontrarse allí.

—Iba a llamar a la puerta. ¿Estás bien?

—¿Has estado esperando todo este tiempo? —le preguntó ella con incredulidad y un poco avergonzada.

¿Y si la había oído hablar sola?

–Al ver que no volvías, me preocupé. Y luego, como no salías del cuarto de baño, me preocupé todavía más.

–Bueno, pues gracias, pero no era necesario. Estoy bien.

–Han pedido que nos sentemos a la mesa. Estamos juntos –añadió él, ofreciéndole el brazo.

«Cómo no», pensó Sophie, suspirando por dentro y preguntándose si las cosas podrían empeorar todavía más. Apoyó la mano en su brazo e intentó hacer caso omiso de la oleada de calor que invadió todo su cuerpo. Por supuesto que podían empeorar, pero lo superaría. Tendría que hacerlo.

Capítulo Quince

A Sophie le dolía la cara de lo mucho que se estaba esforzando en sonreír todo el tiempo, pero aquello no era nada en comparación con el dolor de su corazón. Cada vez que intentaba poner algo de distancia física con Zach, él se acercaba de nuevo. Era como si lo estuviese haciendo a propósito, o como si no quisiera perderla de vista.

Suspiró. Era probable que fuese lo segundo. Aunque no sabía qué podía temerse Zach que pudiese hacer allí. Entonces se dijo que se estaba comportando como una tonta. Las dos últimas semanas habían sido emocionalmente agotadoras y no era la misma de siempre.

−¿Bailas? −le preguntó Zach, interrumpiendo sus pensamientos.

−¿Qué? −preguntó ella, confundida.

−Te he pedido que bailes conmigo −respondió él haciendo una mueca−. Tengo entendido que es bastante habitual bailar en las bodas.

−Por supuesto −balbució ella.

−Entonces, ¿vienes conmigo a la pista de baile?

Zach se levantó y le tendió la mano y, como varios de sus clientes los estaban mirando, Sophie no pudo negarse. Le dio la mano y se preparó para la reacción que sabía que iba a llegar, pero no fue nada en comparación con lo que sintió cuando empezaron a bailar rodeados de otras parejas. Al parecer, a todo el mundo le había apetecido salir a la pista de baile al mismo tiempo y eso les obligó a estar demasiado juntos para su gusto.

Y, lo que era peor, había empezado a sonar un tema lento que el resto de las parejas había empezado a bailar muy cerca. Era una canción muy bonita, pero a Sophie le resultó insoportable e intentó mantener algo de distancia con Zach. Hasta que otra pareja los empujó e hizo que se acercasen más.

–Lo siento –dijo ella, apartándose de nuevo.

–No pasa nada, pero me temo que estás librando una batalla perdida. ¿Por qué no te rindes y disfrutas? –murmuró Zach, aumentando la presión de la mano en el hueco de su espalda y acercándola a él.

Su cercanía era un placer exquisito y una horrible agonía al mismo tiempo. El cuerpo de Sophie reconoció al de Zach al instante y empezó a arderle la sangre mientras bailaban al son de la música. Cadera con cadera, vientre con vientre.

–No puedo hacerlo –dijo de repente, apartándose de él y dándose la vuelta para volver a la mesa.

Zach la siguió.

«Típico de él», pensó ella con amargura. ¿Por qué no le daba un par de minutos para recuperar la compostura?

–Ven –le dijo él–. Te llevaré a casa.

–No, estoy bien. Además, sería de mala educación marcharse antes que Lila y Sam.

Él la miró con el ceño fruncido, con preocupación.

–¿Estás segura?

Sophie esbozó una sonrisa.

–Por supuesto que estoy segura. Precisamente acabo de ver a alguien con quien necesito hablar. ¿Me perdonas?

Sophie se alejó en dirección contraria al baile. Sintió que Zach la seguía con la mirada unos segundos. Después, se sintió aliviada. Una cosa era tener que trabajar con él toda la semana y, otra muy distinta, pasar tiempo con él fuera del trabajo.

Pasó por varios grupos de amigos de Lila y, para cuando esta fue a lanzar el ramo, Sophie estaba agotada. Por suerte, pronto podría marcharse.

Se puso junto con el resto de mujeres solteras a esperar que Lila lanzase las flores. Se quedó más bien de las últimas, ya que no tenía demasiado interés en conseguirlas. Ya sabía que no podría casarse con el hombre al que quería y ningún ramo de flores podía cambiar eso.

–¿Preparadas? –preguntó Lila, sonriendo de oreja a oreja.

Un coro de voces le pidió que se diese prisa. Lila les dio la espalda y giró el brazo para lanzar las flores. Sophie ni siquiera levantó las manos, pero el destino tenía un sentido del humor muy peculiar y quiso que el ramo le cayese encima.

Por un momento, lo agarró y se lo llevó al pecho, inhalando el olor de las rosas y de los crisantemos, y luego las apartó.

—Toma —le dijo a Piper Kindred, que era un año mayor que ella—. Para ti.

Antes de que a Piper le diese tiempo a responder, Sophie soltó las flores en sus manos y se dio la vuelta para marcharse.

—Pero si te ha tocado a ti —le dijo la pelirroja.

—Es todo tuyo —contestó Sophie por encima del hombro antes de acercarse a la mesa a recoger el bolso.

Estaba deseando salir de allí y contó los minutos hasta que Lila y Sam se despidieron de todo el mundo. Al llegar a ella, Sophie abrazó a su amiga con fuerza.

—Que seas muy feliz —le susurró al oído.

—Ya lo soy —respondió Lila—. Ahora te toca a ti. Y no pienses que no va a ocurrir solo porque le hayas dado el ramo a otra persona.

Sophie se obligó a sonreír y se apartó de Lila para permitir que se despidiese de la siguiente persona. Después vio marcharse a los novios bajo una lluvia de pétalos de rosas.

Zach se acercó a ella.

—¿Estás bien? —le preguntó, mirándola a los ojos.

—Sí, estoy bien, pero un poco cansada. Me

gustaría marcharme, pero, si tú prefieres quedarte, buscaré a alguien para que me lleve.

–Has venido conmigo y seré yo quién te lleve a casa –le contestó él con tono firme.

El camino hasta su casa fue largo y silencioso y, en cuanto Zach detuvo el coche delante de su edificio, Sophie se bajó de él rápidamente.

–Gracias –le dijo a través de la puerta abierta–. Te veré el lunes en el trabajo.

Cerró la puerta de un golpe y echó a andar lo más rápido que pudo por el camino.

–¡Sophie, espera! –la llamó Zach.

Ella se giró, tragó saliva y lo vio acercarse con determinación.

–¿Puedo entrar un minuto?

Estuvo a punto de contestarle que no, pero, al fin y al cabo, era una chica educada.

–Por supuesto –le respondió con desgana.

Una cosa era ser educada y otra, tener que fingir que le gustaba la idea. Le tembló la mano ligeramente mientras intentaba meter la llave en la cerradura y se sobresaltó cuando Zach puso la mano encima de la suya para ayudarla.

–¿Te apetece tomar algo? ¿Té, café, algo más fuerte? –le preguntó, todo lo alegremente que pudo.

–Un whisky con agua, gracias.

Zach vio cómo Sophie iba hacia la zona de la cocina y la oyó abrir y cerrar armarios. Poco después volvió con una bandeja en la que había un vaso y una jarra de agua.

—¿No me vas a acompañar?

—No —le respondió con contundencia antes de sentarse en el extremo del sofá contrario al que estaba él.

Zach le puso agua al whisky y le dio un sorbo.

—Gracias. Qué bueno.

—De nada. ¿Estás seguro de que vas a poder conducir hasta tu casa después de tomártelo?

—¿Qué ocurre? ¿Te da miedo verte obligada a dejarme dormir aquí? —bromeó él.

A Sophie no debió de hacerle gracia el comentario, porque su postura era muy rígida. Zach suspiró y dejó el vaso.

—No te preocupes, Sophie, estoy bien. En la boda solo he tomado refrescos.

—Bien —respondió ella—. En caso contrario, te habría llamado un taxi.

Zach se echó a reír y Sophie lo miró con censura.

—Lo siento —se disculpó él—. No es un tema con el que haya que bromear. Ahora, en serio, quería hablar contigo.

Ella se puso todavía más tensa, como si esperase malas noticias.

—¿De verdad? ¿No podías esperar al lunes?

—No, no quería que hablásemos de esto en el trabajo. He estado dándole vueltas a todo lo que ocurrió la última noche que estuvimos juntos.

En realidad, no había podido pensar en otra

cosa. No era capaz de pasar por delante de las ventanas que daban a la piscina sin recordar cómo habían hecho el amor en el agua. De hecho, hasta había pensado en cambiarse de habitación, pero no lo había hecho porque había sabido que jamás sería capaz de deshacerse de aquellos recuerdos.

–Ah, pensaba que habrías pasado página.

–Yo también, pero parece ser que no puedo. No puedo dormir sin soñar contigo, ni puedo estar despierto sin pensar en ti –admitió Zach, sacudiendo la cabeza–. Mira, quería decirte que esa última noche lo hice todo muy mal.

–No, fui yo la que me equivoqué. No debía...

–No, espera, déjame hablar. Reaccioné de una forma exagerada, Sophie, y lo siento. Estaba muy preocupado por Anna y también por Alex, y me puse muy a la defensiva.

–Pero yo no tenía ningún derecho a leer tus correos –insistió ella.

–En realidad, sí que lo tenías. Sospechabas, por suerte equivocadamente, que yo tenía algo que ver con la desaparición de Alex. Y, sí, es cierto que yo estaba siendo muy misterioso en el trabajo. Así que no me extraña que sospechases. En serio, si yo hubiese pensado que tenías algo que ver con la desaparición de Alex, habría hecho lo mismo. Probablemente, con menos sutileza.

Zach se pasó una mano por el pelo, luego tomó su vaso y le dio otro sorbo.

–Mira, lo siento mucho, Sophie. Ha sido una

época muy complicada y al final lo he pagado todo contigo.

−¿Conmigo?

−Sí, dicen que uno se suele desahogar con la persona que tiene más cerca.

Hizo una pausa para que Sophie entendiese lo que quería decirle antes de continuar.

−Y yo quiero estar cerca de ti. Me he dado cuenta esta última semana. Siento mucho haberte hecho daño y haber sido tan cruel. Espero que puedas perdonarme y, sobre todo, que quieras darme, darnos, otra oportunidad. Me importas, de verdad, y creo que lo nuestro podría tener futuro. Es evidente que Anna siempre formará parte de nuestras vidas...

−¡No! ¡Espera!

Sophie levantó una mano y negó con la cabeza, frenéticamente, tenía los ojos muy abiertos y estaba completamente pálida.

−No, no puedo. No podemos. Es imposible −añadió.

−Sophie, por favor. Siento algo muy fuerte por ti y sé que es recíproco. ¿No podemos al menos intentarlo? ¿No piensas que nos merecemos otra oportunidad?

Sophie agachó la cabeza y se miró las manos.

−Zach, por favor, no me malinterpretes. Me siento muy halagada por que pienses que sientes algo por mí...

−No es que lo piense, es que lo sé, estoy seguro −la corrigió Zach con convicción.

Ella levantó la cabeza y lo miró a los ojos, los suyos estaban llenos de lágrimas.

–No puedo aceptarlo, Zach. Por favor, respétalo.

–¿Respetar el qué? No me estás dando razones, al menos, dime por qué.

Ella negó con la cabeza y una lágrima corrió por su rostro. Una lágrima que a Zach le rompió el corazón.

–Por favor, Zach, márchate. Esto es muy difícil para mí. Necesito que te marches ahora mismo.

Y él supo que no podía hacer más. No quería marcharse, quería quedarse a reconfortarla, a discutir con ella, a averiguar por qué no quería estar con él, pero se puso en pie y fue hacia la puerta.

Capítulo Dieciséis

Zach se sentó en el coche, que estaba aparcado frente al edificio de Sophie, y no se movió. Solo podía pensar en la mujer de la que acababa de separarse. Era una locura. Él no había llegado a donde estaba tirando la toalla con tanta facilidad. Tenía fama de correr riesgos y ganar. Y no iba a dejar de hacerlo en esos momentos.

Una vez tomada la decisión, abrió la puerta del coche y volvió a cerrarla de un portazo para volver a casa de Sophie. Llamó a la puerta.

—¿Quién es?

—Yo.

—Zach, te he pedido que te marches. No quiero hablar más del tema.

—No voy a marcharme hasta que no me digas por qué no quieres que lo intentemos. Así que, o paso toda la noche aquí, o me abres la puerta y hablamos cara a cara.

Hubo un silencio.

—Sophie —insistió, volviendo a llamar al timbre—, no vas a poder dormir si llamo cada cinco segundos.

Ella abrió la puerta muy despacio.

—De todos modos, llevo toda la semana sin

dormir. Está bien, entra antes de que empieces a molestar a los vecinos.

–Gracias –le dijo él, conteniendo una sonrisa de satisfacción.

–No sé por qué estás haciendo esto –admitió Sophie–. Tengo derecho a no querer estar contigo, y lo sabes.

–Por supuesto que sí, pero quieres estar conmigo. Ven.

La agarró de los hombros y la obligó a sentarse a su lado en el sofá.

–Ahora dime por qué no quieres darle una oportunidad a lo que, probablemente, es lo mejor que nos ha pasado a los dos en la vida.

–No... no sé por dónde empezar –admitió ella.

–Intenta empezar por el principio –la alentó Zach, tomando sus manos.

–Ya sabes que mi hermana se separó de mi madre y de mí cuando éramos pequeñas. Mi madre y yo vivimos sin ella, las dos solas, durante más de veinte años. Hace unos años, mi madre conoció a un tipo estupendo y volvió a casarse. Tardó todo ese tiempo en querer arriesgarse de nuevo a querer a otro hombre, y por fin tuvo el valor de aceptar lo que le ofrecía, y ahora por fin vuelve a ser feliz.

Sophie se quedó en silencio unos segundos, luego se levantó bruscamente y empezó a pasear de un lado a otro.

–A lo largo de los años, yo le había pedido a

mi madre que intentásemos encontrar a Suzie, pero eso la hacía llorar, así que al final opté por callarme, pero, hace unos meses, mi madre me preguntó si todavía quería encontrarla. Hablamos de ello y decidimos que era un buen momento para intentarlo.

Suspiró antes de continuar.

−No ha sido fácil, yo no conseguí averiguar nada, así que contratamos a un detective privado que tampoco la encontró. Y entonces, de repente, Suzie apareció ante mí un día.

−¿En serio? Pero eso es maravilloso, ¿no? −preguntó Zach confundido.

−Sí, y no −respondió Sophie.

−Explícate.

−Al parecer, su tía le cambió el nombre al adoptarla y, además, volvió a casarse y también cambió su nombre. Ah, y Suzie también se casó y tuvo un hijo.

Zach tuvo un mal presentimiento.

−Anna Lassiter, tu exmujer, es mi hermana −le confirmó Sophie.

Capítulo Diecisiete

Sophie miró fijamente a Zach y le vio asimilar la noticia.

—Por eso no podemos estar juntos. Por muy atraída que me sienta por ti... —dijo, cerrando los ojos un instante— por mucho que te quiera, no puedo quitarle a mi hermana la posibilidad de ser feliz.

Zach se levantó y apoyó con suavidad las manos en sus hombros, obligándola a mirarlo a los ojos.

—Anna y yo somos buenos amigos, Sophie. No hemos sido nada más desde hace mucho tiempo.

—¿Cómo puedes decir eso? Olvidas que sé que habláis casi a diario y he visto lo mucho que te importa. ¿Cómo puedes saber que no vais a querer darle otra oportunidad a vuestro matrimonio cuando se recupere?

—Es cierto que me importa, y mucho, pero no como amante ni como marido. Estamos divorciados —le explicó—, y te aseguro que vamos a seguir así. Al poco tiempo de casarnos nos dimos cuenta de que no estábamos hechos el uno para el otro.

–Pero ella no puede vivir sin ti, Zach. Te necesita más que a nadie.

Él guardó silencio y quitó las manos de sus hombros para apartarse.

–Zach, yo no voy a hacer nada que pueda disgustarla. Ahora que por fin la he encontrado, me gustaría volver a conocerla, formar parte de su vida, ser su hermana.

Él se dejó caer en el sofá.

–Esto es un lío. Cuando la conocí, me pareció una chica guapa. Sus padres eran mayores y siempre la habían mimado mucho, pero nunca me contó que no fuese su hija biológica. ¿Crees que lo sabe?

Sophie se encogió de hombros.

–¿Cuánto recuerdas de cuando tenías cuatro años? Es posible que, con el tiempo, se haya olvidado de nuestra madre y de mí.

–En cualquier caso, la separación puede explicar que sea emocionalmente más frágil que otras personas. Yo trabajaba para su padre y, sinceramente, vi en nuestro matrimonio una oportunidad para ascender en la empresa. Aunque también pensé que la quería. Pronto nos dimos cuenta los dos de que era un error. Estábamos a punto de separarnos cuando Anna se dio cuenta de que estaba embarazada.

Suspiró con fuerza.

–Después de que naciese el bebé, las cosas no mejoraron y ella no se sintió bien con la maternidad. Tampoco ayudó que yo volviese muy tarde del trabajo. La noche del accidente, Anna me había llamado por teléfono para pedirme que volviese a casa. Me había amenazado con llevarse a Blake si no lo hacía. Estaba desquiciada y no pude calmarla por teléfono. Me asusté y volví a casa todo lo rápido que pude, pero ya era demasiado tarde.

Estuvo en silencio unos segundos y después continuó.

–Anna jamás ha podido superar la culpabilidad por lo que ocurrió, y eso ha hecho que esté como la viste el otro día.

–Gracias –dijo Sophie–. Gracias por contármelo.

–Sus padres no querían verlo, pensaban, o esperaban, que se recuperase con el tiempo, pero necesita algo más que tiempo.

–¿Y por fin han entrado en razón?

–A regañadientes, pero por fin he conseguido que me apoyen.

–Pero, si lo hubiesen hecho antes, Anna no estaría como está.

–Es posible, es algo que no podemos saber. En cualquier caso, Anna y yo no somos pareja. Como mucho, se podría decir que soy su mejor amigo. Con respecto a cómo va a tomarse que tú y yo estemos juntos, tendremos que hablarlo con el médico.

Sophie negó con la cabeza.

–Quiero recuperar a mi hermana y no puedo hacer nada que ponga eso en peligro.

—¿Vas a renunciar a nuestra felicidad? Sophie, te quiero. Por favor, vamos a intentarlo.

—No puedo —le dijo ella llorando, incapaz de contener sus emociones ni un segundo más—. No puedo.

Zach se levantó a abrazarla, pero ella se alejó.

—No, por favor. No me toques.

—Está bien, pero no voy a desistir.

Ella ni siquiera fue capaz de responder y, cuando la puerta se cerró detrás de Zach, se dejó caer de rodillas sobre la alfombra y lloró desconsoladamente.

El lunes por la mañana, Sophie todavía no se había recuperado. Casi no había dormido en todo el fin de semana y había agotado las energías para salir de la cama. Realizó sus tareas de manera automática y, a media mañana, casi volvía a sentirse humana. Aunque la idea de volver a ver a Zach hacía que tuviese los nervios de punta.

Él por fin apareció al mediodía, con un aspecto mucho mejor que el suyo. Fue directo hacia ella y le preguntó:

—¿Estás bien?

—Sobreviviré —fue su respuesta.

Zach esbozó una sonrisa.

—Me alegra oírlo. ¿Tienes algo vital que hacer para el resto del día?

Ella negó con la cabeza.

–Bien, en ese caso, vas a poder venir conmigo.

–¿Adónde?

–A ver al doctor Philmore.

–¿Qué? ¿Por qué?

–Hemos estado hablando. Quiere conocerte.

–Pero ¿por qué? ¿Piensa que yo también necesito ayuda?

Zach se echó a reír.

–No, no seas tonta, pero quiere hablar contigo de Anna. ¿Puedes venir conmigo?

–Por supuesto. ¿Cuándo quieres que salgamos?

–¿Qué tal ahora mismo?

–Dame un minuto para que recoja y estaré lista.

Apagó el ordenador con manos temblorosas. Iba a conocer al médico que estaba tratando a Anna. ¿Significaría eso que incluso podría ver a su hermana? Esa era su esperanza.

De camino a la clínica se sintió nerviosa. Zach también parecía tenso y fue en silencio hasta llegar.

–Parece más un club de campo que una clínica –comentó Sophie mientras Zach aparcaba.

–Sí, eso parece, pero no te dejes engañar. Es una de las mejores clínicas de su especialidad. Si no, no habría traído a Anna aquí.

–Por supuesto –comentó Sophie, volviendo a

preguntarse hasta dónde llegarían los sentimientos de Zach por su exmujer.

A pesar de lo que él le había dicho el sábado, no podía evitar tener dudas.

Subieron las anchas escaleras de la entrada juntos y Zach le sujetó la puerta para que pasase.

Una mujer los saludó:

–Señor Lassiter, el doctor Philmore lo está esperando en su consulta. ¿Conoce el camino?

–Sí, gracias, Betty.

–Parecen muy agradables.

–Lo son, y están muy comprometidos con sus pacientes.

Sophie intentó no pensar en el nudo que tenía en el estómago mientras recorrían un pasillo enmoquetado y se detenían delante de una puerta. Zach llamó y abrió la puerta.

Sophie no sabía cómo había esperado que fuese el médico, pero, en cualquier caso, no se había imaginado a aquel hombre atractivo, más o menos de la edad de Zach.

Él le dio la mano con firmeza y la miró de manera amable, lo que hizo que Sophie empezase a tranquilizarse.

El médico les indicó que se sentasen en un grupo de sillones que había junto a la ventana, con vistas al jardín.

–Gracias por venir, señorita Beldon –le dijo, sentándose también–. ¿Quiere tomar algo? ¿Té? ¿Café o algo fresco?

—No, gracias.
—Yo tampoco —dijo Zach.
—Bueno, en ese caso, supongo que querrá saber por qué le he pedido a Zach que la traiga aquí. Voy a ir directo al grano. Tengo entendido que no ha visto a Anna, su hermana, en más de veinte años.

—Eso es. Veintidós años para ser exactos.

El médico asintió.

—Eso es mucho tiempo, no me extraña que quisiera encontrarla. Zach me ha contado que no empezó a buscarla hasta hace unos meses. ¿Puedo preguntarle por qué no lo intentó antes?

Sophie se puso tensa.

—¿Disculpe?

—Por favor, no se ofenda. Solo quiero disponer de todos los datos.

—Hasta hace poco tiempo, mi madre seguía estando demasiado dolida y frágil para querer buscar a mi hermana. Creo que, haberla encontrado antes, habría reabierto viejas heridas que todavía no estaban del todo curadas. Mi madre ha vuelto a casarse y vuelve a ser feliz. Y hace poco tiempo decidimos juntas que era el momento de buscar a Suzie, Anna. Necesitábamos saber que estaba bien y que era feliz sin nosotras.

El doctor Philmore asintió.

—Pienso que la fragilidad de Anna se debe en parte a que fue separada de ustedes cuando era pequeña. Es evidente que tenía un vínculo muy fuerte con su madre y con usted y, a pesar de haber reprimido muchos recuerdos, está empezando a hablar de ustedes.

−¿De verdad? ¿Se acuerda de mí? −preguntó Sophie.

−Sí. Y, sobre todo, recuerda que se sentía segura con usted. Por eso pienso que debería verla y restablecer el contacto con ella.

−¿Y cuándo podemos empezar? −preguntó Sophie, encantada con la noticia.

−¿Qué tal ahora mismo? −dijo el médico sonriendo.

−¿Está en su habitación? −preguntó Zach−. Tal vez debería presentarlas yo.

−Sí y sí. Me parece muy buena idea. Bueno −añadió el médico, levantándose y dándoles la mano a ambos−, me alegro de haberla conocido, señorita Beldon. Siempre es un placer, Zach.

Mientras subían en el ascensor hasta la planta en la que estaba la habitación de Anna, Sophie sintió un cosquilleo en el estómago.

−Te vas a quedar con nosotras, ¿verdad? −le preguntó a Zach cuando echaron a andar por un largo pasillo.

−Haré lo que tú quieras −respondió él, tomando su mano y apretándosela para reconfortarla.

Sophie se sintió mucho mejor. Zach conseguía hacer que los demás se sintiesen seguros a su lado. Era normal que Anna dependiese tanto de él.

—Ya hemos llegado —anunció, interrumpiendo sus pensamientos.

Entonces llamó a la puerta y la abrió muy despacio.

Capítulo Dieciocho

−¡Zach!

Anna lo recibió con alegría y Sophie enseguida se dio cuenta de que aquella mujer ya no era la que había visto en el despacho de Zach. Tenía el pelo limpio y brillante, apartado de la cara con unas horquillas, e iba un poco maquillada.

−Hoy te he traído una visita −anunció él, girándose hacia Sophie.

Ella miró a su hermana a los ojos, preguntándose si Anna la reconocería en esa ocasión.

Anna frunció el ceño y la miró fijamente a los ojos.

−¿Sophie? ¿Eres tú? −preguntó Anna, dando un paso hacia ella.

Y antes de que Sophie se diese cuenta, se estaban abrazando.

−Sí −susurró entre lágrimas−. Soy yo, por fin.

Zach se aclaró la garganta y ellas se separaron, pero Anna siguió agarrando a Sophie de la mano.

−Voy a dejar que os pongáis al día, ¿de acuerdo? Llámame cuando queráis que venga, Sophie.

−Gracias −le respondió ella en voz baja.

–Era lo mínimo que podía hacer por vosotras.

Cuando Zach se hubo marchado, Sophie sugirió que aprovechasen la tarde dándose un paseo por los jardines. Y, una vez fuera, se agarraron del brazo y empezaron a andar.

–Pensé que no volvería a verte nunca –admitió Anna en voz baja–. Ni a mamá. ¿Está…?

–Está bien. A punto de volver a casa. Te ha echado mucho de menos, las dos te hemos echado mucho de menos.

Anna asintió despacio, como si estuviese asimilándolo todo.

–Todavía me acuerdo de su olor, de sus abrazos, de su sonrisa. Los he echado de menos. Solía pensar que, si me portaba muy bien, me dejarían volver a casa, pero nunca ocurrió.

A Sophie se le hizo un nudo en la garganta e intentó contener las lágrimas. Su hermana hablaba con cierta frialdad, como si estuviese hablando de otra persona. Sophie entrelazó los dedos con los suyos y le apretó suavemente la mano. No tenía palabras. No podía decir nada que llenase los años que habían perdido. No podía centrarse en la rabia que sentía con la familia adoptiva de Anna, tenía que apartar aquella sensación y dar gracias porque, a pesar del pasado, en esos momentos tenían la oportunidad de empezar de cero.

–Todavía utiliza el mismo perfume –consiguió decirle por fin–. Hay cosas que no cambian nunca.

—Yo he cambiado –respondió Anna–. Ya no soy Suzie.

—Lo sé –admitió Sophie, volviendo a apretarle la mano–, pero sigues siendo mi hermana y te quiero. Y eso no va a cambiar nunca.

—No sabes lo que hice.

Anna se puso nerviosa. Dejó de andar y soltó la mano de su hermana.

—Lo sé –dijo Sophie–. Y también sé que te sientes culpable.

Al mirar a su hermana, Sophie se dio cuenta de la tremenda distancia que había entre ambas. Una distancia causada por el tiempo y por sus estilos de vida. Por decisiones que ellas no habían tomado.

—Soy un monstruo.

—Anna, no eres un monstruo. En absoluto –intentó asegurarle a su hermana.

—Al principio, no lo quería –dijo Anna, volviendo a hablar con distanciamiento.

Sophie se preguntó si sería así como sobrevivía después de lo ocurrido.

—Quería abortar, pero Zach no me lo permitió. Ya nos estábamos separando y yo quería terminar con nuestro matrimonio tanto como él. Entonces Zach cambió de idea, me dijo que podíamos intentarlo, por el bien del bebé. Y yo lo creí durante un tiempo.

Anna estaba temblando y Sophie la llevó hasta un banco. Si su hermana se alteraba, tendría que pedir ayuda. Tal vez no hubiese sido tan buena idea salir a pasear.

—No hace falta que hablemos de esto ahora —dijo, intentando tranquilizarla.

—No —replicó Anna con voz más firme que nunca—. Necesito hablar de ello. Necesito contártelo yo.

—De acuerdo, te escucho.

—Lo quise cuando nació, pero estaba aterrada. Era un bebé minúsculo y dependía de mí, y nuestro matrimonio dependía de él. Nos habíamos equivocado —le contó Anna, frotándose los brazos una y otra vez como si tuviese frío—. Yo no me sentía capaz de asumir aquella responsabilidad, y tampoco podía pedir ayuda. Zach hizo lo que pudo, pero la convivencia conmigo era muy difícil.

Anna se levantó de repente y se puso a andar de un lado a otro sin dejar de frotarse los brazos. Sophie la miró con preocupación, con un nudo en el estómago. Quería que Anna dejase de contarle su historia, quería que dejase de torturarse así, pero su hermana le había dejado claro que necesitaba contárselo. Sophie tenía que concederle aquel deseo y prestarle la atención que se merecía.

—Conduje cuando no tenía que haberlo hecho. Fui demasiado rápido por carreteras mojadas. Estaba enfadada. Enfadada con Zach por no estar conmigo todo el día, enfadada conmigo misma por necesitarlo tanto, enfadada con Blake por haber nacido. Él no se merecía sufrir las consecuencias de mi inestabilidad, ni Blake tampoco.

Respiró hondo antes de continuar.

—Zach y yo nos casamos por los motivos equivocados. Nuestro matrimonio estaba destinado al fracaso. Yo lo vi como una vía de escape. Sabía que él quería ascender en la empresa de mi padre, así que lo utilicé. Me convencí a mí misma de que lo quería y de que podría ser la mejor esposa del mundo. Al fin y al cabo, había sido la mejor hija del mundo toda mi vida.

Anna dejó de andar, dejó de frotarse los brazos y, en su lugar, se abrazó. Sophie le sonrió al darse cuenta de que ella hacía lo mismo cuando no se sentía bien.

—Oh, Anna —se levantó y la abrazó para reconfortarla.

—No —dijo su hermana, apartándola—. No intentes ayudarme. Tengo que asumir yo la responsabilidad. Es la única manera de que me recupere.

Sophie retrocedió un paso. Era una dura realidad, pero su hermana ya no era la niña de cuatro años que siempre se había apoyado en ella. Era una mujer adulta. Una mujer con estudios, que se había casado, había tenido un hijo y había enterrado a este y a su matrimonio.

Sophie se había concentrado durante tanto tiempo en su hermana pequeña que se le había olvidado que la niña había crecido. Ambas eran adultas y ninguna necesitaba que la otra la cuidase, aunque sí necesitaban el apoyo, la amistad y el amor de la otra.

–Lo siento. No puedo evitar querer ayudarte. Supongo que soy así –le dijo, riéndose.

Anna la miró sorprendida.

–¿Incluso después de todo lo que te he contado?

–Sobre todo, después de todo lo que me has contado –respondió Sophie–. Estoy aquí para apoyarte, y estoy segura de que mamá te apoyará también. Siempre y cuando tú nos necesites. Te lo prometo.

–Zach me ha dicho lo mismo. Es un buen amigo. No me lo merezco. Tampoco te merezco a ti. No me merezco nada.

Las lágrimas empezaron a correr por su rostro. Al principio despacio y después a raudales. Y Anna empezó a sollozar. No protestó cuando Sophie volvió a abrazarla.

–Claro que te lo mereces –la contradijo con firmeza–. Te mereces nuestro apoyo y nuestro amor.

–Me siento tan culpable... No solo por lo que hice, sino también por lo que estoy haciendo ahora. Estoy perjudicando a Zach. Es tan noble, que sé que me antepone a otras cosas en su vida, a otras personas. Quiero que empiece de cero, pero yo estoy demasiado asustada para hacerlo.

–Ya no estás sola. Nos tienes a todos. Zach quiere que te recuperes, es lo que queremos todos.

Siguió abrazando a su hermana hasta que dejó

de llorar y entonces le acarició la espalda cariñosamente.

—Ahora quiero volver dentro —le dijo Anna.

Sophie la agarró por la delgada cintura y volvieron juntas al edificio principal. La acompañó a su habitación y la ayudó a sentarse frente a la ventana.

—¿Necesitas algo? ¿Llamo a alguien? —le preguntó.

—No. Solo quiero pensar.

—De acuerdo, en ese caso, voy a marcharme.

Sophie estaba en la puerta cuando Anna le preguntó:

—¿Vas a volver?

—Por supuesto, todos los días si tú quieres. También puedes llamarme. Toma.

Sophie buscó una libreta y un bolígrafo en el bolso y escribió su número.

—Cuando quieras, ¿de acuerdo? Si me necesitas, o si quieres hablar... llámame.

—Encantada.

—Yo también —respondió Sophie antes de marcharse.

Al llegar al piso de abajo llamó a Zach y esperó fuera a que llegase. No pudo dejar de pensar en que Anna le había dicho que se sentía culpable por retener a Zach. Y lo que le había contado con respecto a su matrimonio era lo mismo que le había dicho él. Sophie se sintió aturdida.

¿Podía hacerlo? ¿Podía tener una relación

con el hombre con el que su hermana había estado casada? ¿Aceptaría Anna que Zach y su hermana mayor fuesen pareja?

Solo podía esperar y rezar por que así fuese.

Capítulo Diecinueve

Zach condujo de vuelta a casa con la mirada pasando de Sophie, sentada a su lado, a la carretera. Ella no le había contado mucho acerca de su visita, solo que se había alegrado de volver a ver a su hermana y que estaba deseando pasar más tiempo con ella. Él tenía la esperanza de que empezase a darse cuenta de que no había nada entre su exmujer y él, solo una amistad basada en todo lo que habían vivido juntos.

Detuvo el coche delante del apartamento de Sophie y la acompañó hasta la puerta.

—¿Quieres entrar? —le preguntó ella.

—Por supuesto.

—¿Qué te apetece tomar?

—Agua con hielo o un refresco, gracias.

Zach la vio dirigirse a la cocina, mordiéndose la lengua con fuerza para evitar bombardearla a preguntas acerca de la visita a Anna. Volvió con dos vasos de refresco.

—Gracias por haberme llevado a ver a Anna hoy —le dijo, sentándose en el sofá, enfrente de él.

—Teníais que veros. Había pasado demasiado tiempo.

—Sí. Y han cambiado tantas cosas...

Había añoranza en su voz y Zach se preguntó si había hecho lo correcto.

—No te arrepientes de haber ido, ¿verdad?

—No, en absoluto. Solo estoy triste por todo lo que nos hemos perdido. Nos hemos convertido en dos personas muy diferentes.

—Habríais sido distintas aunque hubieseis crecido juntas.

—Lo sé —dijo Sophie, encogiéndose de hombros—, pero, durante mucho tiempo, ha seguido siendo en mi mente mi hermana pequeña, ¿sabes? Alguien de quien debía cuidar.

—¿Y ahora que ha crecido?

—Ya no me necesita como antes.

—Aún te necesita, Sophie, pero como adulta.

—Yo he llegado más o menos a la misma conclusión. Es extraño tener que admitir que ya no te necesitan cuando te has pasado toda la vida sintiéndote culpable por no haber estado al lado de alguien, o por no haber podido hacer más.

—Yo también te necesito —le dijo él sin más—. Te quiero, Sophie, y te necesito en mi vida como no he necesitado nunca a nadie.

—¿Incluso después de todo lo que he hecho?

—¿Te refieres a que querías seducirme para obtener información? —le preguntó él—. Después de eso, todavía más. ¿O es que no has sido mi mano derecha desde que Alex no está? Has conquistado mi corazón y mi mente. Solo te quiero a ti.

—No te merezco.

—¿Y quién ha dicho que tenemos que merecernos el uno al otro? ¿Por qué no disfrutamos de lo que tenemos, durante el resto de nuestras vidas? ¿Crees ahora lo que te dije de que Anna y yo no estamos enamorados? Sophie, ¿estás preparada para dejar atrás el pasado e intentar construir un futuro conmigo?

Esperó una respuesta con el corazón acelerado. En esos momentos, dependía de Sophie.

—Me gustaría —admitió ella con cautela—, pero antes necesito saber algo.

—Pregunta lo que quieras.

—Entiendo tu dolor por el fracaso de tu matrimonio con Anna, y por todo lo que eso os ha costado, en especial, la pérdida de vuestro hijo. Y podría entender que no quisieras volver a dar ese paso jamás, que no quisieras formar una familia. Pero necesito saber si alguna vez vas a estar preparado para volver a ser padre, porque, si es así, desearía con toda mi alma ser quien te diese ese regalo.

Zach se levantó para después clavar una rodilla en el suelo delante de Sophie. Tomó sus manos y se las llevó a los labios.

—Sophie, no puedo imaginarme una madre mejor para nuestros hijos. ¿Quieres compartir tu vida conmigo? ¿Quieres casarte conmigo?

Ella esbozó una sonrisa.

—Sí. Te quiero, Zach. Y será un honor casarme contigo.

—Gracias a Dios —dijo él, abrazándola y dándole un beso en los labios.

La apretó contra su cuerpo y volvió a pensar que encajaban a la perfección. Sophie le devolvió el beso con la misma pasión y ambos sintieron un fuego imposible de extinguir.

Aquello era lo que tenía que ser.

Casi sin darse cuenta, se quedaron desnudos y, con cada caricia, volvieron a descubrir sus cuerpos. Allí mismo, Zach se tumbó en el suelo y colocó a Sophie encima de él. La agarró por las caderas mientras ella le acariciaba el pecho, el abdomen y más abajo.

—Te quiero, Sophie —le dijo él de nuevo mientras ella lo apretaba con las caderas.

—Y yo a ti, Zach. Siempre te querré —respondió ella, aceptándolo en su cuerpo y, para siempre, en su corazón.

Empezó a balancearse encima de él, que la agarró por las caderas. Sophie aumentó el ritmo, haciendo que el pulso de Zach se acelerase todavía más. Él le acarició los pechos, jugó con sus pezones y notó cómo Sophie iba acercándose al clímax, hasta que sintió que explotaba por dentro y explotó él también.

Nunca había sido tan perfecto, nunca habían sentido semejante sincronía. Cuando Sophie dejó caer el peso de su cuerpo encima de él, Zach la abrazó y prometió en silencio que siempre la protegería, y que tanto ella como los hijos que tuviesen juntos, serían siempre su prioridad. No volvería a cometer los mismos errores. Su matrimonio estaría basado en el amor, no en el deber ni en la necesidad de hacer lo correcto, salvo que lo correcto fuese amar a alguien con todo su corazón.

Mucho más tarde, después de haber ido a la cama de Sophie y de haber hecho el amor otra vez, se quedaron tumbados en la oscuridad, abrazados. Y Zach tuvo que admitir que no se había sentido tan feliz en toda su vida. Además, estaba seguro de que Anna se recuperaría. Sophie y ella construirían una nueva relación. Solo quedaba un cabo por atar. Alex. Se preguntó dónde podía estar.

Como si le hubiese leído el pensamiento, Sophie levantó la cabeza de su pecho y lo miró a los ojos mientras le pasaba un dedo por la mandíbula.

—¿Qué le ocurre?

—Solo estaba pensando.

Ella continuó recorriendo su rostro con la mano, le acarició los labios y él los separó y le mordió un dedo, se lo chupó. Sophie respondió poniéndose tensa.

—¿En Alex? —le preguntó, sacando el dedo con cuidado y apoyándose en un codo.

—¿Cómo lo sabes?

—Porque su desaparición es lo único que impide que tengamos por delante un futuro perfecto —contestó ella.

Zach entendió lo que quería decir, hasta le había resultado difícil estar en el club sin su amigo, y en esos momentos estaba pensando en casarse con la mujer a la que amaba sin saber dónde estaba Alex.

—¿Zach?

–¿Sí?

–Teniendo en cuenta que Anna todavía se está recuperando, y que Alex sigue desaparecido, pienso que es mejor que no planeemos nuestra boda todavía. Antes tenemos que asegurarnos de que Anna va a estar bien y sé lo importante que es para ti tu amistad con Alex. Esperemos a saber si… cuándo va a volver.

–¿Estás segura?

–Completamente. Es tu mejor amigo y también significa mucho para mí, como jefe y como amigo. No me parece bien planear la boda hasta que no sepamos más.

Zach abrazó a Sophie con fuerza.

–¿Cómo he podido tener la suerte de encontrarte?

–La afortunada soy yo –respondió ella, acercándose a besarlo–. Y pretendo recordártelo durante el resto de nuestras vidas.

–Y yo me aseguraré de que cumplas con tu promesa.

Y Zach le sonrió con la confianza de que su futuro sería mucho mejor con Sophie en él.

No te pierdas *Un acuerdo permanente,*
de Maureen Child, el próximo libro de la serie
CATTLEMAN'S CLUB: DESAPARECIDO.
Aquí tienes un adelanto...

Dave Firestone era un hombre con un objetivo.

El futuro de su rancho estaba en juego y no iba a permitir que los rumores o un escándalo arruinasen lo que tantos años había tardado en construir. Habían pasado varios meses desde la desaparición de Alex Santiago y Dave seguía teniendo la sensación de que una nube de sospecha se cernía sobre su cabeza. Había llegado el momento de averiguar qué pensaba del tema el sheriff.

Bajó de su todoterreno, se cerró el cuello de la chaqueta de cuero y entrecerró los ojos al notar que lo golpeaba el viento. Estaba haciendo un mes de octubre frío en el este de Texas, lo que significaba que el invierno sería todavía más frío. Eso no lo podía cambiar, pero Dave había ido hasta la frontera de su rancho para intentar enderezar, al menos, una parte de su vida.

Un hombre alto, vestido con una chaqueta de cuero negro desgastada y un sombrero marrón de ala ancha estaba arreglando la alambrada que separaba su rancho, el Royal Round Up, del rancho del vecino, el Battlelands. Detrás del hombre de negro había otro hombre, Bill Hardesty, que trabajaba para el rancho vecino y estaba descargando malla de alambre de una vieja camioneta. Dave saludó a Bill y después se acercó a Nathan Battle.

Este levantó la vista al verlo llegar.

—Eh, Dave, ¿cómo estás?

—Bien —respondió él, que jamás admitía que tenía un problema si no lo podía solucionar—. He estado en tu casa y Jake me ha dicho que podría encontrarte aquí. No pensé que encontraría al sheriff reparando la alambrada.

Nathan se encogió de hombros y miró a su alrededor antes de volver a mirar a Dave.

—Me gusta este tipo de trabajo. Aquí tengo tiempo para pensar y aclararme las ideas. Mi hermano hace la mayor parte del trabajo duro, pero el rancho también es mío y me gusta colaborar, ¿sabes?

Luego sonrió.

—Además, Amanda está haciendo muchos cambios para preparar la llegada del bebé, así que siempre hay alguien de la empresa de Sam Gordon trabajando en casa, y yo prefiero estar aquí… tranquilo.

Bill se echó a reír.

—Disfruta mientras puedas, jefe. En cuanto nazca el bebé, olvídate de la tranquilidad.

Nathan se rio también.

—Tú dedícate solo a descargar el alambre, ¿entendido?

Dave no entró en el juego. Habría preferido que Nathan estuviese solo, pero iba a hablar con él de todas maneras.

En los últimos meses, las cosas habían cambiado mucho en Royal. Nathan y Amanda se habían casado y estaban esperando un bebé. Sam y Lila iban a tener gemelas. Y él tenía un motivo por el que necesitaba hablar con Nathan en su día libre.

La desaparición de Alex Santiago.

No podía decir que hubiese sido amigo de Alex, pero tampoco le había deseado nunca ningún mal. Su desaparición era tan extraña que todo el mundo en el pueblo hablaba del tema, y muchas personas comentaban que Alex y él habían sido rivales en los negocios, y que tal vez Dave podía tener algo que ver con el asunto.

A él nunca le había importado lo que dijese la gente. Llevaba su vida y su negocio como le parecía mejor, independientemente de lo que pensasen los demás, pero las cosas habían cambiado. Y, por mucho que le molestase, tenía que admitir que los rumores y la amenaza de un escándalo lo habían llevado allí, a hablar con el sheriff.

VIVIENDO AL LÍMITE

BARBARA DUNLOP

Después de perder aquel avión, Erin O'Connell, compradora de diamantes, creyó que había perdido para siempre sus posibilidades de ascenso... pero quizá no fuera así.

Necesitaba tomar un vuelo a la idílica isla de Blue Hearth para hablar con el propietario de una mina, así que la incombustible Erin tendría que convencer a Striker Reeves de que pusiera en marcha su hidroavión y se preparase para la acción. Para todo tipo de acción.

Aquel hombre la llevaba a alturas que jamás habría imaginado...

¡YA EN TU PUNTO DE VENTA!

Acepte 2 de nuestras mejores novelas de amor GRATIS

¡Y reciba un regalo sorpresa!

Oferta especial de tiempo limitado

Rellene el cupón y envíelo a
Harlequin Reader Service®
3010 Walden Ave.
P.O. Box 1867
Buffalo, N.Y. 14240-1867

¡Sí! Por favor, envíenme 2 novelas de amor de Harlequin (1 Bianca® y 1 Deseo®) gratis, más el regalo sorpresa. Luego remítanme 4 novelas nuevas todos los meses, las cuales recibiré mucho antes de que aparezcan en librerías, y factúrenme al bajo precio de $3,24 cada una, más $0,25 por envío e impuesto de ventas, si corresponde*. Este es el precio total, y es un ahorro de casi el 20% sobre el precio de portada. !Una oferta excelente! Entiendo que el hecho de aceptar estos libros y el regalo no me obliga en forma alguna a la compra de libros adicionales. Y también que puedo devolver cualquier envío y cancelar en cualquier momento. Aún si decido no comprar ningún otro libro de Harlequin, los 2 libros gratis y el regalo sorpresa son míos para siempre.

416 LBN DU7N

Nombre y apellido	(Por favor, letra de molde)	
Dirección	Apartamento No.	
Ciudad	Estado	Zona postal

Esta oferta se limita a un pedido por hogar y no está disponible para los subscriptores actuales de Deseo® y Bianca®.
*Los términos y precios quedan sujetos a cambios sin aviso previo.
Impuestos de ventas aplican en N.Y.

SPN-03 ©2003 Harlequin Enterprises Limited

Bianca

Gabriel D'Angelo: célebre y despiadado...

La artista Bryn Jones nunca había llegado a perdonar a Gabriel por haber enviado a su padre a la cárcel haciendo que su familia se desmoronara. Pero se había forjado una nueva identidad alejada del escándalo y la deshonra... ¡hasta que consiguió la oportunidad de exponer en la prestigiosa galería londinense de D'Angelo! El magnate internacional Gabriel D'Angelo no podía olvidar la mirada implacable que le habían dirigido una vez desde el otro lado de la sala de un tribunal. Ahora la tentadora Bryn había vuelto pero, en esta ocasión, jugaría según las reglas que marcara él si quería lograr lo que anhelaba. ¡Porque Gabriel estaba decidido a que el pacto resultara mutuamente placentero!

Un trato con el enemigo

Carole Mortimer

¡YA EN TU PUNTO DE VENTA!

Deseo

DIARIO ÍNTIMO

ANNE OLIVER

La costumbre de Sophie de poner por escrito sus sueños eróticos hizo que se los enviase accidentalmente a su jefe, Jared. Él no estaba buscando un compromiso y, afortunadamente, también era lo último que ella tenía en mente, de modo que acordaron vivir una aventura sin compromisos.

Pero el trabajo en equipo, las noches ardientes y los dolorosos secretos compartidos despertaron unos sentimientos inesperados. Y Sophie pronto descubrió que se había metido en un buen lío.

La fantasía erótica de Sophie debería haberse quedado en sueños

¡YA EN TU PUNTO DE VENTA!